返り咲き名奉行

神田のっぴき横丁 7

氷月 葵

時代小説

二見時代小説文庫

目次

第一章　町奉行の手下　7
第二章　義賊《ぎぞく》現る　56
第三章　老中への襲撃　111
第四章　企《たくら》み返し　166
第五章　今ぞ仇討《あだう》ち　217

返り咲き名奉行——神田のっぴき横丁7

『返り咲き名奉行――神田のっぴき横丁7』の主な登場人物

真木登一郎《まきとういちろう》……目付から作事奉行へと順調に出世階段を上っていたが、突如隠居した旗本。

小峰倉之介《こみねくらのすけ》……小峰角之進《かくのしん》の長男。亡くなった父の無念を晴らそうとする。

鳥居甲斐守《とりいかいのかみ》 耀蔵《ようぞう》……南町奉行。老中首座の水野忠邦《みずのただくに》の子飼い。庶民の暮らしを締めつける。

瀬長賢蔵《せながけんぞう》……鳥居耀三の家臣。鳥居の命《めい》により小峰角之進をはじめ無実の人を陥れる。

水野越前守忠邦《みずのえちぜんのかみただくに》……質素倹約を掲げ、奢侈禁止令《しゃしきんしれい》をはじめ多くの禁令を発布。

永尾清兵衛《ながおせいべえ》……易者。のっぴき横丁の差配を任されている浪人。

松《まつ》……小峰倉之介の母。

鼠《ねずみ》(忠吉《ちゅうきち》)……巾着切り。忠吉ゆえに忠公《ちゅうこう》と呼ばれ鼠の渾名で呼ばれるようになった。

虎《とら》(末松《すえまつ》)……鼠の仲間。虎は自分でつけた渾名。

遠山左衛門 尉景元《とおやまさえもんのじょうかげもと》……北町奉行。南町の鳥居耀蔵と対立し大目付に役替えとなる。

新吉《しんきち》……横丁の住人。表向きは暦売りながらご政道批判の読売を売る男。

お縁《えん》(おふく)……長屋の独り暮らしの住人。子どもを預かるのを生業としている。本名ふく。

熊《くま》(勝太《かった》)……色が黒いので忠吉がつけた渾名。根津《ねづ》の遊郭の男衆だった。

狸公《たぬこう》……顔が丸く、狸のような面相の男。虎、鼠、熊の仲間。もとは軽業師。

お里《さと》……品川の旅籠《はたご》に手入れがあった際に、どさくさにまぎれ逃げ出した女。

第一章　町奉行の手下

一

神田《かんだ》の横丁を出た真木《まき》登一郎《とういちろう》は、風を背に受けて歩き出した。

七月の風はまだ南風で、海の側から吹いてくる。

その風を頬に感じながら、登一郎は顔を巡らせた。行き先の当てはない。両国《りようごく》にでも行ってみるか……。そう思いつつ、道を進んでいた。

神田の道には、多くの人が行き交っている。

その人混みのなかで、登一郎はふと一人の若侍に目を引かれた。

まっすぐに進むその若侍は、顔が強《こわ》ばっている。目も据《す》わって、まっすぐ前を見つめている。

その面持ちで、登一郎の横を通り過ぎた。

目を逸《そ》らすことができずに、登一郎は振り向いた。

若侍の背中と肩も、張り詰めているのがわかる。

思わず踵《きびす》を返し、登一郎はそのあとを歩き出した。

若者の背中越しに前方を見ると、一人の侍の姿があった。

登一郎は斜め後ろに回り、若者の顔を窺った。明らかに前の武士を見つめている。

武士は辻を曲がった。と、横顔の目を、動かした。

若侍をとらえたのがわかった。

なんと、と登一郎は胸中でつぶやく。あの者、尾《つ》けられていることに気づいているのだな……。

若侍は顔を背《そむ》けることもなく進み、辻を同じ方向に曲がった。

登一郎もそのあとに続きながら、若侍の姿を頭から足下まで見た。

歳は十六、七というところだろう……。まだ、頼りなさの残る体つきを見つつ、思う。

先を行く武士は、東南へと進んで行く。

その道の先は開けている。

大川《おおかわ》（隅田川《すみだがわ》）の河口だ。

武士は道を外れ、河川敷へと進んだ。

若侍もそのあとを追う。

登一郎も間合いを取って、続いた。

河川敷で、武士が足を止めた。と、その身体を回して、若侍と向き合った。

「そなた、何者か」

武士の言葉に、若侍は刀の柄《つか》に手を掛けた。

「小峰角之進《こみねかくのしん》の長男倉之介《くらのすけ》だ。父の仇を討つ。瀬長賢蔵《せながけんぞう》、勝負せよ」

放たれた大声に、瀬長は顔を歪めた。薄い眉と細い顎を動かすと、

「小峰……、ああ、あやつか」

言いながら、柄に手を伸ばした。と、その鼻を歪めて、ふん、と鳴らした。

「仇討《あだう》ちとは筋違いなことを……親が愚かなれば子も同じ、ということか」

くっと息を吐いて、倉之介は刀を抜いた。

正眼の構えになる。

瀬長も同じく、抜刀して白刃を掲げた。腕を左に回し、構える。

登一郎はそれを見て、走り出した。いかん、と口から漏れる。差がありすぎる……。

「えぇいっ」

倉之介は刀を振り上げ、踏み込んだ。

瀬長は構えたまま、待ち受ける。

登一郎は駆け寄りながら、鯉口《こいぐち》を切った。

「よせっ」

刀を抜いて、二人に近づく。

瀬長がちらりとこちらを見た。

倉之介が刃を振り下ろす。

瀬長はそれを受け止め、弾いた。と、柄を回した。

体勢を崩した倉之介の脇腹に、峰を打ち込む。

倉之介の身体が折れ、手から刀が落ちた。

「やめろっ」

登一郎は瀬長に刀を向ける。

その手首を狙って振り下ろすと、瀬長は身を翻《ひるがえ》した。

登一郎の刃は、瀬長の刃と重なった。

「ふんっ」

瀬長は一歩引く。と、その顔を、身を捩《よじ》った倉之介に向けた。

「運のいいやつめ」

そう言うと、登一郎の刃を弾き、後ろに飛び退いた。

その勢いで背を向けると、瀬長はそのまま走り出した。

登一郎はその背中を見送って、倉之介に寄って行った。

脇腹を押さえ、倉之介は身を折っている。

「大丈夫か」

登一郎の問いかけに、顔を上げた倉之介は頷いた。

その苦痛に歪んだ顔に、登一郎は「いや」と落ちた刀を拾い上げた。

「大丈夫ではないな」

刀を渡すと、倉之介の腕に手を添えた。

「来い、よい医者がいる」

倉之介を支えながら、来た道を戻った。


「ふむ」龍庵《りゅうあん》は倉之介の脇腹から手を離した。

「あばら骨にひびが入ったようだな。晒《さらし》をきつく巻いておくから、身体をひねらんようにな」

弟子の信介《しんすけ》が晒を巻き始める。

くっと拳を握る倉之介に、龍庵は首を振った。

「それですんだのは幸いというものだ。骨が折れて臓腑に突き刺されば、死ぬこともあるのだぞ」

その言葉に、倉之介は唇を噛んだ。その顔をうつむけると、おとなしく身をまかせて、晒は巻き終えられた。

「さて」と登一郎は龍庵に顔を向けた。

「この薬礼は改めていたすゆえ、ご容赦を」

言いながら、立ち上がって、登一郎は倉之介に手を伸ばした。

「さ、行くぞ」

え、と戸惑いながらも、倉之介も立つ。

外に出ると、倉之介は登一郎の顔を覗き込んだ。

「どこへ行くのですか」

「わたしの家だ、そこだ」

二軒先を指で差しながら、倉之介を見返す。

「そなたは家に戻らぬほうがよい。堂々と名乗ったからな、今度はあちらから討ちに来るやもしれん」

あっ、と息を呑み込む倉之介に、登一郎は苦笑を見せた。

「そこまで思い至らなかったかもしれんが、十分に考えられる。あそこで、わたしがいなければ、あの者、そなたを斬り捨てたかもしれん。それほどの殺気があった。次、人の目のない所でやりあえば、手加減なぞせんだろう。そして、そなたは抗することもできぬ。その剣術の腕ではな」

くっと息を呑んで、倉之介は拳を握った。

登一郎は家の戸を開けた。

「戻ったぞ」声を上げながら、倉之介を中へと誘う。

「さ、上がるがよい」

うなだれた倉之介は、おずおずと入って来た。

佐平《さへい》が奥から出て来て、おや、と倉之介を見た。

「お客さまですか」

「うむ、茶を頼む」

座敷に上がった登一郎に促され、倉之介も草履《ぞうり》を抜いだ。

歪めた顔で、家を見回す倉之介に、登一郎は笑みを作って見せた。

「気兼ねはいらぬ。ここはのっぴき横丁と言われていてな、のっぴきならなくなった人が駆け込んでくるのだ」

「のっぴき……」

狭まっていた倉之介の眉間《みけん》が、少し弛《ゆる》んだ。

「あのう、お名をお聞きしても」

登一郎は「ああ」と膝を打った。

「わたしは真木登一郎と申す。そなたは小峰倉之介と名乗っていたな」

「はい」

倉之介は、まだ戸惑いを浮かべたまま頷いた。

腿の上に置いた両の拳が、小さく震えているのを、登一郎はちらりと見た。顔にも初めに見たときの強ばりが残っている。

よほど、気が昂《たかぶ》っていたのだな……まあ、無理もない、仇討ちをしようとしたのだから……。そう考えながら、登一郎は目を薄暗くなった窓に移し、顎で外を示した。

「もう、日も暮れる。今宵はここに泊まっていけばよい」

「え……なれど……」

「言ったであろう、家には戻らぬほうがよい。どこか泊まる当てがあるのならよいが」

「いや、それは……」

倉之介は拳をさらに握りしめた。

「ふむ、しかし」登一郎は首をかしげた。

「家には知らせないとまずいか」

「いえ」と倉之介は首を振った。

「大丈夫です。母は……」

倉之介は母の顔を思い浮かべていた。

以前から、母には言っていたのだ。

〈仇討ちを果たせないかもしれません。もし、戻って来なかったから、死んだものとお思いください〉

ええ、と母は頷いた。

〈そなたの覚悟はわかりました。思うままになさい〉

その声も思い出しながら、倉之介は登一郎に目礼した。

「家は戻らずとも、かまいません。お言葉に甘えます」

ふむ、と登一郎は佐平に声を上げた。

「お客人がお泊まりだ」

「はい」佐平が茶を運んで来て、頷いた。

「そいじゃ、用意しますんで」

「うむ、頼む」

登一郎は、さあ、と倉之介に茶を勧める。

茶碗を手に取った倉之介は、立ち上る湯気をじっと見つめた。

そのようすを見つめながら、さて、と登一郎は胸中で独りごちた。仇討ちの事情を訊いてみようか……。

倉之介は茶碗を手にしたまま、動きを止めていた。その手は、まだ微《かす》かに震えている。

いや、と登一郎は思い直した。今はまだ張り詰めている、明日にしたほうがよかろう……。

「さ、茶を飲むがよい。冷めてしまうぞ」

そう声をかけると、倉之介は「はぁ」と、やっと茶碗を口に運んだ。

二

朝の台所から、ご飯の炊ける匂いが立ち上っていた。

それに鼻を動かしながら、登一郎は階下へと下りた。

戸口に向かいながら、部屋の隅に立てかけた屏風《びょうぶ》を見た。昨夜、その向こうに、倉之介の寝床を敷いたのだ。

耳を澄ませるが、しんとして音がない。

まだ寝ているのだな、と登一郎は思った。おそらく、気が昂って寝つけず、眠れたのは深夜だったに違いない……。

物音を立てないようにして、登一郎は戸口から出た。

竹箒《たけぼうき》を手にして、外を掃き始める。と、その手を止めた。煮売りの文七《ぶんしち》がやって来たからだ。

「おはようございます」文七は言いながら、懐に手を入れた。

「先生、見ましたか」

取り出した一枚の絵を広げた。

「歌川国芳《うたがわくによし》がまた、やりましたよ、新しい狂画《きようが》です」

この頃、御政道に対する不満が高まり、公儀や政を風刺《ふうし》する歌を狂歌《きようか》、同じく川柳《せんりゆう》を狂句《きようく》、と呼ぶようになっていた。そして、それまで戯画《ぎが》と呼ばれていた絵も、狂画と呼ばれるようになっていた。

文七が広げた絵を、登一郎は覗き込んだ。

武士が五人、描かれている。

右上で伏せっている人物には蜘蛛《くも》の怪物が覆い被さっており、人には源頼光《みなもとのよりみつ》と、名が記されている。

「ほほう、源頼光の土蜘蛛《つちぐも》退治の話だな」

歌川国芳は以前にも、同じ題で浮世絵を描いていた。

源頼光は大江山《おおえやま》の鬼である酒呑童子《しゆてんどうじ》や、土蜘蛛と呼ばれる怪物を退治した逸話が伝わっていた。

頼光には四天王と呼ばれる配下の武士がおり、その四人を引き連れての退治だった。

「ええ」と文七が頷く。

「けど、今度のはまったく違う絵でさ。そら、絵の半分に、妖怪がいっぱい描かれてるでしょ」

さまざまな姿の妖怪が、左半分にひしめいている。

「それに、この四天王だ」

頼光の四天王は、渡辺綱《わたなべのつな》、坂田金時《さかたのきんとき》、卜部季武《うらべのすえたけ》、碓井貞光《うすいのさだみつ》だ。

「そら」

文七が指を差した。四天王には、それぞれの名が記されている。

「この卜部季武を見てくださいよ」

目を向けた登一郎は、あっ、と声を上げた。

卜部季武の着物には、大きく家紋が描かれている。

「これは、逆沢瀉《さかおもだか》か」

沢瀉という植物の葉を逆さにした図柄だ。

「ええ、水野忠邦《みずのただくに》ってこってしょ」

逆沢瀉は水野家の家紋として、江戸の者に知られている。

老中首座《ろうじゆうしゆざ》の水野忠邦は、天保《てんぽう》十二年（一八四一）には奢侈禁止令《しやしきんしれい》を出し、倹約のために町人の暮らしを厳しく押さえ付けた。翌十三年には、それをさらに厳しくし、多くの物事を禁止とした。寄席を廃止し、女髪結いや女義太夫を禁止した。女の技芸は教えることも習うことも禁止、艶《あで》やかな着物は売ることも着ることも禁止。小鳥を飼うことも売ることも禁止。芝居小屋も廃止しようとしたが、それは北町奉行であった遠山金四郎《とおやまきんしろう》が強く反対したために、場所を不便な浅草《あさくさ》に移すことで、なんとか続けることができた。しかし、役者は笠で顔を隠さねば外を歩くことを許さず、とし、さらに、それまで人気の的《まと》であった役者絵が禁じられた。そして、役者絵のみならず、風景であっても多色刷りの錦絵《にしきえ》は禁止となった。他にも富くじなど、多くの禁止令が出され、それによって職を失った者も数知れなかった。

「なるほど」

登一郎が頷くと、文七は「だから」と妖怪を指さした。

「こっちの妖怪どもは、老中水野に怨みを持つ人らのこったろうって、みんな大騒ぎしてるんですよ。ほら、この歯のない妖怪は噺家《はなしか》のことだろう、女の妖怪は芸妓だろうって、絵解きをして、大喜びでさ」

「なるほど国芳ならやりそうだ」

歌川国芳は、すでになんども風刺画を描いている。役者絵が禁じられたときには、顔を猫に変えた役者を出して評判となった。

「でね」と、文七は声を抑えた。

「それじゃ矢部定謙《やべさだのり》はこっちか、いや、こっちだろうなんて話も盛んになってるんで」

矢部定謙は前の南町奉行だった人物だ。が、水野忠邦の政策に反対したために憎まれ、濡れ衣を着せられて罷免《ひめん》、改易《かいえき》とされた。さらに永預《えいあず》けの罰を受け、預け先の桑名藩《くわなはん》で、食を断って自決していた。それを差配した鳥居耀蔵《とりいようぞう》は、矢部のあとに南町奉行に就いている。

「ふうむ、そうか。皆、矢部殿のことを忘れてはおらんのだな」

「ええ、そりゃぁ、町人に情の篤《あつ》い、いい御奉行様でしたからね。江戸の者は未だに腹を立ててますよ」

「うむ、わたしも未だに腹の虫が治まらん」

「でしょ、おまけに鳥居耀蔵のやつ、遠山様まで追い出しやがって、もう、腸《はらわた》が煮えくりかえるってのはこのことでさ」

「おう、それはもっともだ」

北町奉行であった遠山金四郎は、この天保十四年二月に町奉行の任を解《と》かれ、大目付に役替えとなっていた。

「まったくよう」文七の声が荒くなる。

「いつまで続くんだか、こんな世が……ま、そんなときに、この絵が出たから、みんな沸き上がってるってわけでさ」

うむ、と登一郎は頷いた。

「さすが、国芳はいい仕事をする。わたしもあとで買いに行くとしよう」

「ええ、みんな、買いに走ってまさ」

文七は絵を懐にしまった。

そこに、戸が開いた。

佐平が笊《ざる》を手にして出て来る。

「文七さん、今日は煮豆ときんぴら、あと……」

佐平があとにした戸口に、ふと気配を感じて、登一郎は目を向けた。

土間に、倉之介の姿があった。


座敷で登一郎と倉之介は、膳に向かい合っていた。

いつもは佐平と板間で食べるのだが、さすがに客に気を使ってのことだ。

湯気の立つご飯を、倉之介が勢いよく食べるのを登一郎は見つめた。昨夜、湯漬けをゆっくりと口に運んでいたのとは大違いだ。飯碗を持つ手も、もう震えてはいない。

口を動かしていた倉之介が、ふと手を止めた。

え、とつぶやいて顔を上げ、登一郎を見る。

「あの……真木様とおっしゃいましたよね」

「うむ、さよう、真木登一郎だ」

「あ、では……」倉之介は箸を膳に置いた。

「もしや、作事奉行《さくじぶぎょう》であられた真木様ですか」

「ふむ、そうだが」

えっ、と倉之介は膳を離れて、膝行《しっこう》してきた。

「では、あの、跡部大膳《あとべだいぜん》に物申して敵に回し、お役を辞したという……」

ああ、と、登一郎は苦笑した。

「いかにも」

頷きながら、城の状景を思い出していた。

跡部大膳は老中首座水野忠邦の弟だ。跡部家に養子に入ったために名が変わったが、兄の忠邦とは親しくしている。ために、兄の権勢を笠に着て、人には傲岸不遜《ごうがんふそん》な対応をし、越権行為も日常茶飯事という有様だった。ために、登一郎はそれを諌《いさ》めたのだが、それが怒りと憎しみを買った。跡部は兄の権力を使って左遷を画策したため、登一郎は隠居を決めたのだった。

「そ、それは、ご無礼を……」倉之介は手をついて低頭した。

「実は、先ほど、外のお人との話を聞いて、ただのお方ではない、と思い至ったのです」

「いや」と、登一郎は制するように手を上げた。やはり、聞いていたのか……。

「わたしはいまや、ただの隠居。そのような礼は無用だ。さ、膳に戻られよ」

は、と倉之介は膝で戻っていく。

「さあ」と登一郎は手を揺らした。

「食べてしまいなさい、冷めてしまうぞ」

「はぁ」と倉之介は再び箸を取りつつ、上目を向けた。

「すみません、気が動転していたために気づかず……」

「なあに」登一郎は空《から》になった飯碗を置いた。

「しかし、わたしの話を聞いているということは、お父上も役人か」

「はい」倉之介は残りをかき込んで、箸を置く。

「父は、南町奉行所の与力《よりき》だったのです」

「ほう、与力か。しかし、父の仇、ということは……」

倉之介は下を向き、ゆっくりと顔を戻した。

「はい、亡くなりました。いえ、死ぬ前に、すでに与力のお役は解かれていたのです」

　ふむ、と登一郎は腕を組んだ。

　そこに佐平がやって来て、膳を下げて行った。

　登一郎は膝で擦り寄って、間合いを詰めた。

「それが、昨日の仇討ちと関わりがあるのか」

「はい」

　倉之介も再び膝行して、二人は向かい合った。

　膝に置いた手を握りしめて、倉之介はまっすぐに顔を上げた。

「矢部様が御奉行であられた頃には、父は朝早くから出仕していました。やりがいがある、と仰せで。それが、矢部様があのような理不尽な罷免を受け、さらにあとに就いたのが鳥居甲斐守《かいのかみ》となり……」

「ふうむ、さぞかし憤《いきどお》ったであろうな」

「はい、まさに。町人を厳しく取り締まる策もさることながら、ありもしない罪を作り上げてまで罰することは、あまりにも非道である、と」

　鳥居耀蔵はおとり捜査を得意とし、無罪の者を捕縛することも憚《はばか》らなかった。それは大名や旗本、町人にまで及んでいた。

ううむ、と登一郎は眉を寄せた。

「それはまっとうな見方だ。あのような筋違いがまかり通っていることが、おかしいのだ」


ああ、と倉之介は拳を振り上げた。

「やはり、真木様ならおわかりいただけると思いました。父もはなからそう申しておりました。ですが、それが奉行に知られていたようなのです」

「ふむ、父上の役はなんであった」

「吟味役《ぎんみやく》でした」

与力のなかでも、吟味役は花形だ。

「そうか、妬《ねた》まれていたのかもしれんな。役人の多くは出世のために上役に阿《おもね》るからな、誰か、告げ口をした者があったのやもしれん。一人を追い出せば、席が一つ、空くことになるしな」

登一郎の言葉に、倉之介はくっと喉を鳴らす。

「それで父が付け狙われた、ということですか」

「付け狙われた、とは」

「昨日のあの男、瀬長賢蔵は鳥居甲斐守の家臣なのです」

ああ、と登一郎は膝を打った。

「そういうことか。鳥居耀蔵は政敵を貶《おとし》めるために、隠密を使ってきたからな。自分が目付であった頃に使っていた徒目付《かちめつけ》や小普請組《こぶしんぐみ》の者らを、今でも使っているという話だ。己の家臣も当然のこと、と聞いている。そうか、それでお父上はその瀬長に尾けられたのだな」

「はい、それで奉行に告げ口されたのです。奉行の厳しすぎる取り締まりを批判したり、町人の小さな罪を見逃した、と。それは真《まこと》だったと、父は言いました。なれど、もらってもいない賄《まいない》を受け取ったという濡れ衣を着せられ、お役御免とされたのです」

倉之介は握った拳で、己の腿を叩いた。

ううむ、と登一郎は腕を組む。

町奉行所の役人は、一代抱席《いちだいかかえせき》という身分で、ほかの役人に多くみられる譜代《ふだい》と区別されている。譜代は代々、身分を受け継ぐことが許されているが、一代抱席は身分の継承が認められていない。譜代はお役御免になっても、無役の小普請組に移り、禄《ろく》も得られるが、一代抱席にはそれが許されていない。ために、お役御免となれば、幕臣の身分も失ってしまう。

「なんと、非道な……まさか、それで自決を」

登一郎の言葉に、倉之介は首を振った。

「父はそれで折れるような人ではありませんでした。それどころか、卑劣な手口を許すことはできぬ、と憤っていました。顔を真っ赤にして怒り続け、そして、ある日、倒れてしまったのです。医者には心の臓のせいだ、と言われましたが、わたしは憤死《ふんし》、だと思いました」

倉之介の顔も、赤く染まる。

「そうであったか。いや、事情はよくわかった。しかし……」

登一郎はそっと息を吐いた。

「そなたの腕前では、あの者を倒すことはできん。やるのなら、もっと剣術の腕を磨くのだ」

あ、と倉之介は肩を狭めた。赤いままの顔を伏せる。

「父の一周忌をすませて、つい、気が昂ってしまいました」

ふうむ、と登一郎は天井を見上げた。

「そうだな、まあ、とにかくこのままここに留まるがよい。策を考えよう」

え、と倉之介が顔を上げる。

「よいのですか」

「おうよ」

と、登一郎は町人のような返事で、胸を叩いた。

三

湯屋帰りの胸元を開けながら、登一郎は横丁への道を歩いていた。

うむ、と独りごちる。これはよい策だ……。

横丁の入り口で、登一郎は横に顔を向けた。

一番手前は浪人の永尾清兵衛《ながおせいべえ》の家だ。横丁の差配をまかされてもいる。

開け放たれた窓を見ると、その清兵衛が中から顔を出した。

「おう、戻って来たか、家を訪ねたら留守と言われたから待っていたのだ」

「ほう、そうであったか」

言いながら、登一郎は口の前で丸くした指をクイと動かした。

「これか」

ともに酒好きだ。

「そうだ」清兵衛は窓の格子越しに頷く。

「が、ここではない。金さんから使いが来たのだ。屋敷に来い、とな」

「遠山殿か」

遠山金四郎と清兵衛は昔なじみだ。金四郎が町暮らしをしていたときからの、遊び仲間だった。

「では、すぐにしたくしてまいる」

登一郎は慌てて家に戻ると、身支度を調《ととの》えて戻って来た。

清兵衛も家の前で待ち構えていた。

横丁を出て歩き出すと、登一郎は清兵衛の横顔を見た。

「遠山殿の屋敷は、確か芝《しば》だったたな」

「うむ、愛宕下《あたごした》の露月町《ろうげつちょう》のすぐ横だ。前に行ったことがある」

そうか、と登一郎は清兵衛について行く。

「しかし」登一郎は空を見た。

「北町奉行をお役御免になったのは腹立たしいが、大目付となればゆっくりと飲めるわけだな」

大目付は大名を監察する旗本最上位の身分だが、閑職だ。

「ああ、金さんも心中《しんちゅう》は口惜《くちお》しかろうが、飲めるのは悪くあるまい」

二人は神田の町を抜け、芝へと続く道を進んだ。


「おう、よく来てくれた」

通された座敷で、金四郎は待っていた。

三人が向き合うと、早速、膳が運ばれてきた。

「いや、こうして明るいうちから飲めるようになったわけだ」

金四郎は笑う。町奉行は、奉行所内の屋敷に住むことになっている。ために、その頃は金四郎も、外に出ることもままならない暮らしだった。が、合間を縫って登一郎の家を訪れ、飲むこともあった。

「もう、慌ただしく飲み食いせずによいのだな」

清兵衛も笑顔になる。

「おう」金四郎は目を細める。

「大目付なんぞ、やることはあまりないからな。酔っ払っても誰も文句は言わん」

「それはよい」言いながら、登一郎は膳を覗き込んだ。

「ほう、鯛《たい》ですな」

　形のよい鯛が、塩焼きにされて美しい赤い色を見せている。

「うむ、もらい物だ。一人で飲むのはもったいないと思ってな、使いを出したのだ。さ、やろう」

　おう、と清兵衛と登一郎は杯《さかずき》を手に取る。

　金四郎も、ぐいと杯を空け、息を吐いた。

「もう、外でつけ回されることもないし、まあ、これはこれでさっぱりした」

　金四郎は、己を追い落とそうと企《たくら》んだ鳥居耀蔵に、身辺を探られていた。

「そういえば」登一郎は金四郎を見た。「つけ回していた相手は、わかっておられるのですか」

　む、と金四郎は首をかしげる。

「いや、何人もいたからな。徒目付は知った顔だったからわかったが、おそらく小普請組の者だろう、と思う者もいた。あとは鳥居殿の家臣だろう。何人もにつきまとわれたわ」

　ほう、と清兵衛が顔を歪める。

「手広く使っているのだな」

「ああ」登一郎も眉を寄せる。

「配下でない者を使うなど違法、普通ならばしないことだ。それを平気でやるのが鳥居耀蔵という男だ」

ふん、と清兵衛が鼻を鳴らす。

「そんな男が力を振るうくらいじゃ、お城の内情も知れたものだ」

む、と金四郎が真顔になった。

「いや、まさに」と声を落とした。

「お城では、今、揉め事が起きているのだ」

「揉め事？」

登一郎の返しに、金四郎は頷いた。

「水野様が新しい法令を出そうと画策しているのだ」

「え、それはどのような」

目を見開いた登一郎に、金四郎は答える。

「上知令《あげちれい》だ。江戸と畿内《きない》周辺の飛び地を召し上げて、徳川家《とくがわけ》の直領《じきりょう》にしようとしているのだ」

「飛び地？」

清兵衛が小首をかしげると、登一郎が頷いた。

「うむ、江戸や大坂《おおさか》の周辺には大名家や旗本の領地が、飛び地としてたくさんあるのだ。家康公《いえやすこう》から褒美として与えられた土地や、その後の将軍から賜った土地などが」

「なるほど。それを取り上げて、まとめて直領にしようということか。だが、なぜ、急にそんなことを。代々、受け継がれてきた土地なのだろう」

「それは」金四郎が口を開く。

「近年、異国の船が来るようになったであろう。その防衛のために、港の周辺を直領にしようと考えたのだ」

「ほう、それはよいのではないか。領地を取り上げると言っても、ただというわけではないのだろう」

「うむ、それはな……代わりの土地やそれなりの金を出すことにはなる」

金四郎の言葉に、登一郎は「しかし」と続けた。

「それを受ける領主はいないだろう」

「え」と小首をかしげる清兵衛に、登一郎は言葉を繋げた。

「どこの領地も、金に困っている。そのために藩札《はんさつ》を発行しているのが普通だ」

金繰《かねぐ》りに不自由をしている領地では、商人などへの支払いに金の代わりの藩札を渡す。領地のみで通用する仮の貨幣だ。

「うむ」金四郎が頷いた。

「領主が変わるとなると、藩札はただの紙切れになる。ゆえに、藩札を持った者は金に換えろと押しかけるわけだ」

「なるほど」清兵衛は膝を打った。

「そんなことになるのか。それは、困るな」

「さよう」登一郎も頷く。

「ゆえに、領地の召し上げや取り替えは、領主にとっては受け入れがたいのだ。誰も賛同する者など、いないだろう」

「うむ」金四郎が深く頷く。

「その政策を知って、領主らは陰で不満を漏らしている。鳥居殿は、水野様に命じられて、せっせと台帳を作っているがな」

「台帳？」

清兵衛との問いに、登一郎は「ああ」と手を打った。

「どこに飛び地があるのかを調べて、そこの石高や収支をまとめ上げるのだ。水野様の意向となれば、妖怪は精を出していることであろうよ」

鳥居耀蔵は水野に重用《ちょうよう》されたのを機に、忠邦から忠の字をもらい、名を忠耀《ただてる》に変えている。しかし、その名を呼ぶ者は少ない。さらに耀の字と甲斐守の甲斐をもじって妖怪と呼ばれるようになり、町ではそれがすっかり浸透していた。

登一郎の言葉に、金四郎が頷く。

「うむ。しかし、飛び地の領主らは、堂々と反対の声を上げ始めている。老中の土井《どい》様は特にな。あのお方は、畿内にも江戸周辺にも飛び地をたくさんお持ちゆえ」

土井大炊頭利位《おおいのかみとしつら》は、五人いる老中の一人で、古河藩《こがはん》の藩主だ。

「へえぇ」清兵衛が、呆《あき》れた声を漏らす。

「そんな重臣らが揉めてるようじゃ、この先、ますます世が乱れそうだな」

声が失笑になる。

ははは、と金四郎は笑いを噴き出した。

「まったくだ、先が思いやられるわ」

言いながら銚子《ちょうし》をつかむ。が、それを振ると、顔を廊下に向けた。

「おうい、誰かあるか。酒を頼む」

登一郎も清兵衛も銚子を手に取った。

残っていた酒を注ぐと、同じように振って、膳に置いた。

「こうとなれば、飲むのが一番」金四郎は、二人を見た。

「今日は泊まっていけ、さすれば思う存分飲める」

「おう、なれば遠慮なく」

清兵衛が言うと、登一郎も頷いた。

「いやぁ、隠居してよかった」

幕臣は許しを得ずに外泊することが禁じられている。が、隠居の身には、その決まりは及ばない。登一郎は満面の笑みを浮かべた。

廊下を足音が近寄って来る。

「お酒をお持ちしました」

声が上がり、障子が開いた。

四

昼、登一郎と清兵衛は、湯屋に寄ってから横丁に戻った。

「おやまあ」出迎えた佐平が、苦笑した。

「心配して損しました、ご機嫌ですね」

「うむ、すまん。飲んであちらに泊まったのだ」

座敷に上がると、倉之介がかしこまって頭を下げた。手に本を持っている。

「すみません、勝手に書物をお借りしておりました」

「おう、かまわぬ」

登一郎は向かいに座ると、倉之介の顔を見つめた。

「実はな、よい策を思いついたのだ。そなた、成田《なりた》に行くがよい」

「成田……下総《しもうさ》のですか」

「そうだ、新勝寺《しんしょうじ》という大きな寺があって、門前町が賑わっている。そこに知った者もいる。喜代《きよ》殿と吉六《きちろく》の夫婦だ」

「夫婦」

「うむ、喜代殿は武家の娘だったのだが、町人の吉六と一緒になって、成田に移り住んだのだ。あちらで飯屋をやっているはずだから、すぐに探し出せるはず。人のよい二人だから、当面、泊まれる場所くらいは取り持ってくれるだろう」

「はあ」

「で、落ち着いたら仕事に就けばよい」

「仕事ですか。や、わたしになにが……」

「筆耕《ひっこう》でもすればよかろう。旅籠《はたご》や茶屋などが多くあるから、品書きなどを書く仕事はあるだろう。経文《きょうもん》なども書けば、参拝者の土産になるかもしれん。筆を持つだけであれば、怪我をしていてもできよう」

「なるほど……」

「で、だな」登一郎は倉之介の手を見た。

「その怪我がよくなったら、香取《かとり》に行くのだ」

「香取、ですか」

「そうだ、成田からはほど近い。香取神道流《しんとうりゅう》発祥の地で、道場がある。そこで剣術の修業をさせてもらえ」

「香取神道流……聞いたことはありますが」

「うむ、わたしも昔、友が習っているのを見たことがある。よい太刀筋《たちすじ》を身につけていた。本場の地であるから、修業によかろう」

　修業、とつぶやいて倉之介は己の手を見た。

　ひと息、吸い込むとその顔を上げて、頷いた。

「わかりました。行きます」

　よし、と登一郎は倉之介の肩を叩いた。

「では、明日の朝、発《た》つがよい。そうとなれば……」

文机《ふづくえ》の前に移ると、文箱《ふばこ》を開けて墨を手に取った。

「喜代殿に文を書くから、持っていくがよい」

はい、と倉之介も横にやって来る。

硯に上下する登一郎の手を見つつ、「あのう」と口を開いた。

「わたしもあとで文机をお借りしてもよいでしょうか」

うむ、と登一郎は目を上げる。

「好きに使うがよい」

登一郎は筆を手に取った。


夕刻。

登一郎は清兵衛の家に上がり込んだ。

「また、飲むか」

清兵衛の言葉に、登一郎は苦笑して首を振った。

「いや、さすがに今日は。ちと、相談があって来たのだ」

ほう、と膝を回した清兵衛に、登一郎は向かい合った。

「そなたは顔が広いからな、香取に知り合いはおらぬか。神道流の使い手がよいのだが」

「ふうむ」と清兵衛は首を右に曲げ、左に曲げ、あ、と元に戻した。

「いるぞ、昔の浪人仲間で、香取から来たという男がいた。その神道流の使い手で、江戸で修業しているのだと話していたわ。その後、香取に戻って行った」

「おう、そうか、それはありがたい。実はな……」

登一郎は倉之介のことを話す。

「なるほど」清兵衛は文机を引き寄せた。

「では、その倉之介を入門させてやってくれ、と文を書けばよいのだな」

「うむ、助かる」

登一郎は影を作らないように、文机から離れた。

筆を執る清兵衛を見ながら、登一郎はふと耳を隣に向けた。

隣家は金貸しの銀右衛門《ぎんえもん》が住んでいる。

その戸が開いて、男が入って行ったのがわかった。

「金を返しに来やした」

男が座敷に上がり込む音も聞こえてくる。

「ほう、そりゃ、早かったね。いかほどかい」

銀右衛門の声に、

「全部でさ」

と、大きな声が答える。

「全部、とは、またどうしたね。おまえさん、仕事をなくしてこっち、四百文、六百文と、ちょこちょこと借りに来ただろう。ずいぶんとたまってるはずだが……ええと……」

大福帳をめくる音がする。続いて算盤《そろばん》をはじく音がした。

「ほうら、二分《ぶ》（二分の一両）と二朱《しゆ》（十六分の一両）になってるがねえ」

「へい、そいつをいっぺんに返せるんで」

「ふうん、なにか儲けの口でもあったのかい」

「いや、もらったんでさ」

「もらった？　そんな馬鹿な話があるものか。あ、いや……そういや、一昨日も、そんなことを言って返しに来た人がいたねえ。知らないお人にもらったって……あたしゃ真《ま》に受けちゃいなかったけど」

「あっ、それでさ。あっしも知らないお人にもらったんでさ。湯屋で借金がかさんで困ってるってぇ話を知り合いとしてたら、湯屋を出たあと、知らない兄さんが追っかけてきたんでさ。湯船で話を聞いていたみてえで、そら、と金を差し出されて……」

「え、それでくれたってえのかい」

「へい、こっちがびっくりしていたら、いいからって手に握らされて、走って行っちまったんでさ」

「ふうん」銀右衛門の声が唸る。

「そいじゃ、一昨日の話も本当なのかねえ。あたしゃ、てっきり悪いことでもしたんじゃないかと思ったんだけど」

「え、そいじゃ、返してもらわなかったんですかい」

「いんや、返してもらいましたよ。金は金ですからね」

聞いていた登一郎は、ぷっと噴き出しそうになるのを抑えた。いかにも銀右衛門さんだな……。

と、横から、はは、と清兵衛の声が上がった。筆を持ったまま、聞いていたらしい。

二人は顔を見合わせて苦笑すると、また耳を澄ませた。

「それじゃ」銀右衛門の声が聞こえてくる。

「返してもらうことにするよ。利息がこれ以上増えないようにね」

「へい、あっしもそれが気になって気になって」

箱を開けるような音がして、閉じる音も鳴った。

「そんじゃ」

男が高らかな足音を立てて、出て行くのがわかった。

登一郎は清兵衛につぶやく。

「そのようなことが、あるものなのか」

「ふむ、よくわからんな」

清兵衛も首をかしげた。が、すぐにそれを戻した。

「いかん、続きを書かねば」

清兵衛は筆を走らせた。

五

朝、佐平は握り飯を包んで、倉之介に渡した。

登一郎も小さな巾着《きんちゃく》を差し出す。

「ここに一分金や二朱金などを入れておいた。当面はこれで困ることはなかろう。あとは成田で頑張ることだ」

え、と倉之介は手を後ろに隠した。

「いえ、いただけません、そのようなことまで……」

「よい」登一郎は腕を引っ張ると、袖口の中に巾着を入れた。

「腕を磨いて戻って来たら、返してもらおう。それでかまわん」

「では」と倉之介は頭を下げる。

「お言葉に甘えます。なにからなにまで、かたじけのうございます」

袖口の巾着を、懐に入れる。そこには、登一郎が渡した二通の書状もしまわれていた。

顔を上げると、倉之介は肩を狭めた。

「あの、さらに厚かましいお願いなのですが、佐平さんに頼み事をしてもよろしいでしょうか」

「む、なんだ」

「はい」倉之介は胸元から封書を取り出した。

「この文を母に届けていただきたいのです。所は裏に書いてあります」

登一郎はそれを手に取ると、裏を返した。

「湯島切通町《ゆしまきりどおしちょう》、小峰松《まつ》殿か」

「はい、湯島天神の下なのです。小さな借家で」

「ふむ、わかった、わたしが届けよう」

懐にしまう登一郎に、倉之介は「え」と手を上げる。

「いえ、真木様にそのようなことをお頼みするわけには……」

「なに、よい。そもそも佐平は忙しい、わたしは暇だ。それに、わたしからそなたのことを伝えたほうがよいであろう」

「あ、それは……」

「かまわぬ、届けるゆえ安心いたせ」

胸を張る登一郎に、倉之介は深々と頭を下げる。

「恐れ入ります。いつでもよいので」

その背中に、登一郎は手を当てた。

「さ、行くぞ。これから船に乗れば、夕刻前に行徳《ぎょうとく》に着く」

大川から小名木川《おなぎがわ》を通って海に出た船は、下総の行徳に着く。そこから成田へ向かう街道が伸びているのだ。

土間に下りる登一郎に、倉之介は目を丸くする。

「あ、ここでもう」

「いや」登一郎は首を振る。

「万が一、あの瀬長に途中で見つかれば厄介だ。船まで送る。そら、急げ」

はい、と倉之介は真新しいわらじを履いた。

「道中、ご無事で」

そう言って見送る佐平に頭を下げて、倉之介は登一郎のあとに続いた。

大川への道を二人は歩く。

登一郎にとっては、すでに何度も歩いている道だ。

前を向きながらも、目は左右に動かしていた。倉之介も顔を巡らせながら歩いている。瀬長の姿はない。

道が開け、川が見えると、登一郎はほっと息を吐いた。

土手からは、川面《かわも》を行き交う多くの船が見えた。

川岸にもたくさんの船が並んでいる。

ここから浅草に行く小舟や、さらに上流の千住《せんじゅ》に向かう船もある。成田へも、ここから多くの客が乗る。

桟橋に向かいながら、登一郎は倉之介に笑顔を向けた。

「江戸を離れれば、安心だ。母上のことも心配いたすな」

倉之介は黙って、腰を折る。その背を向けて桟橋を歩いて行くのを、登一郎は見つめた。

「気張れよ」

そう言うと、登一郎もくるりと背を向けて、歩き出した。

さて、と登一郎は空を見上げた。どうするか、いっそ湯島の母御を訪ねるか……。

思いつつ、目を下に向けた。

着流し姿で出て来ていた。

母御を訪ねるのであれば、身なりを調えたほうがよかろう……。そう思い直して、登一郎は土手を下りた。


大川から日本橋《にほんばし》へ、登一郎は足を伸ばした。

店が建ち並ぶ賑やかな道を、ゆっくりと見やりながら進む。

軒先に浮世絵が並ぶ店を見つけ、そちらに歩み寄った。以前は、色鮮やかな錦絵や役者絵が並んでいたが、禁止令が出されて以降、そうした派手な色合いは消えている。が、それでも多くの客が、なにやら話しながら絵を選んでいる。

後ろから首を伸ばした登一郎は、順に絵を見る。と、手代が気づいて、声をかけてきた。

「なにをお探しでしょう」

「歌川国芳の新作だ。そら、源頼光の……」

ああ、と手代は自分の額を叩く。

「すいません、あれは売り切れてまして。なにしろ、たいそうな評判でして、並べるとすぐになくなってしまうんですよ」

「ちぃ」前にいた客が顔を振った。

「おいらもそれを買いに来たのによ」

手代は別の絵を掲げた。

「けど、ほかの絵師らが似た絵をいろいろと描いてるんですよ、いかがです、こちらは」

売れる絵が出ると、次々に真似た絵が出るのが常だ。

「いや」と登一郎は首を振った。

「国芳がよいのだ。また、版がかかるであろう、出直してくる」

店先を離れると、人の流れに乗って、そのまま歩き出した。

呉服屋に目を向けると、そこも色合いが地味になっていた。道行く町人らの着物も、質素で暗い色になっている。

なんとも、と息を吐きながら、歩いて行く。

と、背後から声が上がった。

「待てっ」

走る足音も聞こえてくる。

振り返ると、町人の男が二人、こちらに駆けて来ていた。

そのあとを、武士が追って来る。

「止まれ」

大声は武士のものだった。

先を走る男が、こちらに近づいて来る。

その後ろを走る男が、「おい」と声を上げて腕を伸ばす。

「鼠《ねずみ》、これを」

手につかんだ革の巾着を差し出す。

「おう」

鼠と呼ばれた男はそれをつかんで、足を速めた。

二人とも若く、勢いがいい。が、一人はやや遅れている。

「待て、盗人《ぬすっと》」

武士が手を伸ばして駆けて来る。

鼠は振り返って、あとに続く男に声を放った。

「急げ、虎《とら》っ」

「お、おう」

頷いた男を見て、登一郎は、ふむ、と思う。虎というのは、あの者の呼び名らしいな……。

虎は息を上げつつ、鼠を追って行く。

登一郎は道の脇に引きながら、目の前を走り抜ける二人を見た。盗人ということは、逃げる二人は巾着切りか……。

懐の巾着を掏《す》り盗《と》る巾着切りは、江戸の町に横行《おうこう》していた。

道の人々からざわめきが湧いた。

武士が刀を抜いたのだ。

皆、慌てて後ろに下がる。

虎はその騒ぎに振り返る。と、足をもつれさせ、転がった。

先を走っていた鼠は、足を止めて振り返る。戻ろうかどうしようか、と迷っているのが見て取れた。

尻餅《しりもち》をついた虎は、その場でおたおたとしている。

そこに武士が追いついた。

「この屑《くず》めらがっ」

武士が刀を構える。

その鬼の面《つら》のような形相《ぎょうそう》に、登一郎は、はっと息を呑んだ。いかん、斬る気だ……。

「待たれよ」

声を上げつつ、長刀を抜いて飛び出す。

武士は目を動かしたものの、腕を振り上げた。

「このっ」

そう言って、武士が振り下ろした刀に、登一郎は己の刃を突き出した。

下ろされる刀を、それで受けた。

鋼《はがね》のぶつかる音が響き渡る。

「邪魔立ていたすなっ」

武士が目を剝《む》いた。

登一郎は虎の前に進み出ると、刀を水平に構えた。

「町での抜刀は御法度ですぞ」

「相手は盗人だ」武士は唾を飛ばす。

「わたしはこれで二度目だ。許さぬっ」

「ほう、それは災難」

言いながら、顔を虎に向けた。

尻餅をついたまま、虎はあとずさっている。

その引きつった顔に、登一郎は目配せをした。逃げろ、と片目を細める。

虎はそれを読み取って、勢いよく立ち上がった。

先で待っていた鼠が、手で招く。

走り出す虎に、武士は「待てっ」と声を投げる。が、二人は並んで、駆けて行った。

登一郎は刀を納めると、息を荒くしている武士を見た。そちらへと、そっと足を踏み出す。

武士の横に立つと、登一郎はその耳にささやいた。

「巾着切りに二度も狙われたとは、隙あり、と見抜かれたということですかな」

うっ、と武士は息を呑んだ。首筋が赤くなっていく。

くっと息を吐くと、武士は刀を納めて踵を返した。

荒々しい足取りで、去って行く。

退いていた人々が、ざわめきながら、道に戻ってきた。

ひそひそと男らが話す。

「見たかよ、あの革の巾着。金の模様が押してあったぜ」

「おう、豪勢なもんだ」

「おいらがあんなのを持ったら、たちまちにお縄だろうな」

「だな、倹約令に背く気かってな」

「二度も盗られたってなぁ、いいざまだ」

男らは冷ややかな笑いを浮かべて、歩き出す。

登一郎も、さて、と足を元の方向へと戻した。道の先に、すでに盗人二人の姿はない。

歩き出そうとした登一郎は、背中が突かれるのを感じて止まった。

振り向くと、半纏《はんてん》姿の親方らしい男がにやりと笑った。

「旦那、あいつらに代わって礼を申しますぜ」

「む、あの二人の知り合いか」

登一郎が問うと、男は肩をすくめた。

「いんや、知りやせん。けど、巾着を掠め盗ったくらいで斬り殺されちゃあ、こっちの腹の虫が治まらねえってもんで」

「そうそう」道具箱を担いだ若い男が、後ろから首を伸ばす。

「ただでさえ、こちとら鬱憤《うっぷん》がたまってるんだ。あっしらには倹約倹約って言うくせに、お城じゃ贅沢三昧《ぜいたくざんまい》してやがる。ざけんじゃねえって話でさ」

「おうよ」親方が頷く。

「その点、旦那はご立派だ」

二人はにっと笑って、登一郎の姿を見る。

登一郎は己の着物を見た。よれよれだ。

「まあな」

苦笑を浮かべると、登一郎は「ではな」と踵を返した。苦笑を小さな笑顔に変え、歩き出した。

第二章　義賊《ぎぞく》現る

一

羽織袴に身を調え、登一郎は湯島への道を歩いていた。

湯島天神は小高い台地の上にある。

その麓の切通町に入ると、登一郎は人に尋ねながら、小さな辻を曲がった。

ここか、と一軒の家の前に立つと、

「ごめん」

と、声をかけた。

家の中から、人の気配が立った。が、返事はない。

「小峰倉之介殿の家ではござらぬか」

気配が大きくなった。足音が鳴り、戸口にやって来た。

戸が小さく開き、年嵩《としかさ》の女が顔を半分覗かせた。

「倉之介は死にました」

その口が動いた。

え、と登一郎は思わず戸に手を掛けた。

「いや、わたしは倉之介殿から文を預かってきたのだ。母御の松殿とお見受けするが」

「えっ」と、女が戸を開ける。

「はい、わたしが母です。文とは……」

登一郎はその戸をさらに開けて、土間に踏み込んだ。

「これを」懐から取り出した封書を出して、裏を返す。

「ここの所に母御の名が記されておろう」

あ、と松はそれを奪い、その文字を見つめた。

「これは、倉之介の蹟《て》……」

そう言うと封を開け、中の文を広げた。

読み終えて、上目を向ける松に、登一郎は頷いた。

「よければ、くわしく話したいのだが」

あっ、と松は慌てて、手を上げた。

「どうぞ、お上がりを。このような所ですが」

「では、邪魔をいたす」

座敷に上がり込むと、松はかしこまって頭を下げた。

登一郎は名を名乗り、倉之介と出会ったいきさつを話した。

「それで、江戸にいてはまずかろうと、逃がすことにしたのだ。して、先ほど、死んだ、と言われたが、それはなにゆえに」

「はい」松は手にしていた文を握りしめた。

「倉之介は父の仇討ちをすると言い張っておりました。剣術はさほどの腕前でもないので、返り討ちに遭うやもしれぬ、と止めたのですが、かまわないと言い張って……旦那様に似て、一本気な質《たち》ですので、わたしもあきらめたのです。なので、もしも家に戻らなかったら死んだと思ってくれ、と言われて、それもしかたないと……」

「ふむ、お父上は気概のあるお方だったようですね」

「ええ、曲がったことが嫌いで、なににでも筋を通したがるお人でした。なので、御奉行が鳥居様に替わってからは、すっかり気難しくなられて……」

聞きながら、登一郎は目だけで部屋の中を見回した。簞笥《たんす》の上に、小さな位牌《いはい》が置かれている。

「濡れ衣を着せられた、と倉之介殿に聞きましたが」

「はい、つきあいもない商人から、多額の賄を受け取っていると、上に告げ口をされたそうです。それでお役御免、となったので、旦那様はそれはもう……たいそう憤っておられました」

「ふむ、倉之介殿から話を聞いて、仇と思う気持ちはよくわかりました」

登一郎は腕を組んだ。

「まあ、しかし、おわかりのとおり、あの腕前では無理です。修業して戻って来るのを待ちましょう」

「あの、いつになれば戻るのでしょう」

眉間を狭めて、身を乗り出す。

「ううむ、それはわかりません。なれど、あちらにいるうちに、気も落ち着くかもしれません」

「そう……ですね。そうなればいいのですが」

松はやっと面持ちを弛め、その目をはっと見開いた。

「あ……これは失礼をいたしました。お礼を先に申し上げるべきところを……」

慌てて、畳に手をついた。

「ありがとうございました」

いや、と登一郎は手を上げる。

「しかし、よくぞ死んだ、とあきらめきれましたな」

「はあ、実は……半分は生きているのでは、と思うておりました。どこぞで骸《むくろ》が見つかった、という話も聞いてませんでしたし」

「なるほど」

「ですが」松は声をひそめる。

「あのお人が来たのです」

「誰です」

「鳥居家の家臣、瀬長賢蔵です」

「なんと」

驚く登一郎に、松が頷く。

「倉之介はいるか、と。名乗りませんでしたが、すぐにわかりました。眉が薄く、顎が細いという面立《おもだ》ちを旦那様から聞いていましたから」

「ううむ、やはり来たか。わたしもそれを懸念したゆえ、倉之介殿に戻らぬがよい、と言うたのだ」

「そうでしたか、かたじけのうございました」

「それで、やつはなんと……あっ」登一郎は膝を叩いた。

「それで息子は死んだ、と言われたのか」

「はい。なので、先ほどお見えになったさいも同じように……もしや、鳥居家の家臣ではないかと……」

ほっと登一郎は息を吐いた。

「いや、慎重な対応、結構なことだ」

はい、と松は小さく肩をすくめた。

登一郎はその細い肩を見る。

「して、この先はいかがされるおつもりか。仕事を探されるのなら、口利きのできる者がいるが」

「あ、それは、考えが……手習所《てならいじょ》を開こうかと思うているのです。天神様の門前町にはお子らも多いので、女児《おなご》の手習所をやろうかと……」

「ほう、手習所か、それはよい」

「はい、まだなにもわかりませんので、これからいろいろと他人《ひと》に教わろうと考えています」

「うむ、松殿はしっかりとなさっているから、よいお師匠となろう。なれば、安心した」

登一郎はゆっくりと腰を上げた。

「いや、邪魔をいたした」

立ち上がった登一郎に、松は再び低頭した。

「真に、ありがとうございました」

なに、と登一郎は草履を履いた。

見送る松に笑顔を向けて、登一郎は小さな辻を曲がった。


切通町を出て、登一郎は湯島天神に上がる坂を上り始めた。

急階段の男坂《おとこざか》とは別の、ゆるやかな女坂《おんなざか》の道だ。

それを登りきると、湯島天神の社が梅の林の向こうにあった。

社に背を向けて、登一郎は参道を歩き出した。

左右に水茶屋などの店が並んでいる。

料理茶屋もあり、三味線の音も聞こえてくる。女の歌声や男の笑い声なども混じる。

店のあいだの路地から、子供らが駆け出て来た。

なるほど、と登一郎は松の言葉を思い出した。手習所をやれば、流行《はや》りそうだな……。

周囲を見やりながら、道を進んだ。

その目が、道の脇に引きつけられた。

男が二人、歩いて来る。一人が肩にもう一人の男を負って、傾いた身体でゆっくりと歩を進めている。

あ、と声を漏らして、登一郎は足を速めた。

負っているほうの男は虎、負われているほうは鼠、と呼ばれていた男だ。

「そなた……」

駆け寄った登一郎を見上げて、虎が「あっ」と声を上げた。

負われている鼠も顔を上げ、目を見開く。

「あ、昨日の……」

「うむ」と登一郎は、二人を覗き込んだ。

「どうした、怪我をしたのか」

見ると、脚から血の筋が流れている。

「まあ、ちっと」

歪めた笑いを見せながら、鼠が虎から身体を離した。

「もうでえじょうぶだ。おめえのほうが痛かろうよ」

虎は右肩を押さえる。右腕がぶらりと下がっていた。

「肩を外されたのか」

登一郎の問いに、

「そうみてえで」

虎は笑って見せた。

「よし」登一郎は鼠の腕を取って、自分の肩に回した。

「わたしが送ってやろう。どこに行くのだ」

二人は顔を見合わせる。その目で頷き合うと、虎がくいと顎を上げた。

「そこの辻を左に入ったとこで」

「では、行くぞ」

登一郎は鼠を負って、ゆっくりと歩き出す。

辻を曲がると、虎は右腕を押さえながら、先に立って小さな家へと向かって行った。

虎がその戸を開けると、登一郎は鼠とともに土間へと入った。

と、中から、人影が現れた。二人の男が、出て来る。

「おい」と一人が登一郎を指で差す。

「なんだ、こいつは」

もう一人も、前に立った。

「馬鹿野郎、人なんか連れて来やがって」

「落ち着け、熊《くま》」虎が掌を向ける。

「話したろう、昨日、おれらを助けてくれたお侍だ」

鼠も肩から離れると、座敷の二人を見た。

「ああ、そこで行き合って、肩を貸してくれただけだ」

「だからって、この家をばらしやがって」

足を踏みならす男に、鼠が手を振って制す。

「このお人は、虎を救うために刀まで抜いてくれたんだ、敵じゃねえよ」

言いながら、ね、と目を向ける。

「うむ」登一郎は頷いた。

「わたしはただの隠居ゆえ、心配は無用。この家のことが秘密なら、人に漏らすことはせん」

　真顔で、男らを順に見渡した。巾着切りの仲間、ということらしいな……。

　上から睨《ね》めつけてくる二人に、登一郎は一歩、引いた。

「もう帰る。安心しろ」

　そのまま後ろ向きに下がって、土間を出る。

「ではな」

　登一郎は、自ら戸を閉めた。

二

　朝の掃除をしていると、横丁の外から清兵衛が入って来た。

　登一郎は手を止めて、

「おや、おはようございます」

　と、笑みを向ける。朝帰りですな、と喉元に上がった言葉は呑み込んだ。

「おう」と清兵衛も笑顔になって寄って来る。

「昨日、芝居小屋に行って、知り合いの役者の家に泊めてもらったのだ。いや、面白い芝居でな、遠山の金さんという役が出て来るのだ」

「ほう、遠山殿のことか」

「そうよ。ちゃんと町奉行の役どころでな、名裁きを見せるのだ」

「へえ、それは……しかし、そうか、遠山殿はもう町奉行ではなくなったゆえ、役として出しても文句は言われまい、ということか」

「そうだろう、遠山の左衛門 尉景元《さえもんのじょうかげもと》という真の名は出しておらん。役は金さんで通していた。あれなら、とぼけられる」

金四郎はもともと父の名で、跡を継いだ景元がそれを通称として名乗っていたのが、広まっていた。

「考えたな」

「おう、役者らに聞いたら、恩を感じているからそれを返したいと、芝居の演目に取り込んだそうだ。なにしろ、町人の味方で情にも篤い、そのうえいい男っぷりときていてな、皆、大喜びであった」

「ほう、それは見に行かねばならんな」

「うむ、あれは見なければ損だぞ」

二人で言葉を交わしていると、奥の家の戸が開いた。

「おはようございます」と、新吉《しんきち》がこちらにやって来る。

「お揃いですね。なにか面白い話ですか」

新吉は暦《こよみ》を作って売っているが、その裏では読売も作っている。煮売りの文七はその仲間だ。

「いや、芝居の話だ……」

清兵衛が金さんの話を繰り返す。

「ああ、噂を聞きました。あたしも行こうと思ってるんです。もうすっかり広まって、今さらネタにはなりませんがね」

肩をすくめる新吉に、登一郎は小声になった。

「ここのところ、読売は出しておらんな。よいネタがないのか」

「や、それが」新吉も声を落とす。

「町では義賊《ぎぞく》が出たって、噂になってるんです」

「義賊？」

「ええ、金に困っている者がいると、気前よくぽんとくれるっていうんですよ。一分や二分の大金をもらったってぇ人もいるらしくて」

「ほう、銀右衛門さんのところに来ていたな、そういう人が」

「そうでしょ、あたしも話を聞きに行ったんです。したら、見知らぬ人に金をもらったから借金を返しに来たってぇ人が四人もいたって話です」

へえ、と登一郎と清兵衛は顔を見合わせた。

「義賊といえば、鼠小僧《ねずみこぞう》がいたな」

清兵衛のつぶやきに、「ああ」と登一郎も頷いた。

鼠小僧次郎吉《じろきち》は、一人で大名屋敷に忍び込み、盗みを繰り返していた男だ。にもかかわらず、天保三年（一八三二）に捕まったときには、金をほとんど持っていなかった。そのことから、人々に分けたのだろうと言われ、義賊として語り伝えられた。

「鼠小僧は放蕩《ほうとう》もしていたというが、真の義賊の話を聞いたことがある」

登一郎の言葉に、新吉が口を開いた。

「裏宿《うらじゅく》七兵衛《しちべえ》でしょ。ありゃ、本物ですね」

「ほう、どこの者だ」

首をかしげる清兵衛に、登一郎が答える。

「青梅《おうめ》の百姓なのだが、足がなにしろ速く、夜に遠方まで走ると、悪どい儲けをしている商家に忍び込んで、金品を盗み出したそうだ。それを方々の村の貧しい家の前に置いて回ったという話だ」

「そうそう」新吉が言葉をつなぐ。

「なにしろ走るのが速いんで、朝には自分の村に戻って、なんにもなかったように鍬《くわ》を振るってたってえんだから、大したやつで。元文《げんぶん》四年（一七三九）にお縄になったってえこってすが、口惜しいやら、残念やら……みんな、そう思ったこってしょう」

「ほほう」清兵衛は顎を撫でた。

「なれば、久しぶりの義賊ということか」

「まあ、本当の義賊かどうか、今んとこはわかりませんがね。けど、読売のネタとしちゃ面白いんで、今、調べてるとこです。なんでも、近頃、侍だけを狙う巾着切りがよく出るって話で、ついこのあいだは捕まりそうになって、怪我ぁしたって噂もあって」

「怪我？」登一郎は首を突き出した。

「それはいつの話だ」

「三日前だそうです、外《そと》神田で」

ほう、と登一郎は眉を寄せた。三日前か、湯島に行った日だな……。

そこに大きな声が響いた。

「なっと、なっとー」

納豆売りの久松《ひさまつ》だ。新吉と文七の読売仲間でもある。

家々の戸が開き、人が出て来る。

「納豆おくれな」

「こっちも頼むよ」

向かいの家の戸も開いて、お縁《えん》が出て来た。と、その足下をすり抜けて、五歳くらいの男児が飛び出した。預かりをしている子供らしい。

走り回る子を見て、三人の顔が弛《ゆる》む。

その面持ちで、清兵衛と新吉はそれぞれの家へと戻って行った。


湯島天神の参道を、登一郎は歩いていた。

確か、この辻だったな……。三日前に通った道を辿る。

ああ、あった……。小さな家の前に登一郎は立った。

まだ暑さが残っているにもかかわらず、戸口は閉まっている。が、横の格子のはまった窓は開いていた。

そちらに行くと、「ごめん」と声を投げかけた。

奥で人の動く気配が立った。

「わたしだ、三日前に来た、ただの隠居だ」

気配が動き、奥からひょいと顔が現れた。鼠だ。「あぁ」と言って、出て来る。

「旦那でしたか」

窓辺に立つと、目元が笑った。

「脚の怪我はどうだ。血が出ていたから気になってな、薬を持って来たのだ」

懐から小さな壺を取り出して、格子越しに見せる。

「え、そりゃ……」そう言うと、鼠は戸口へと向かった。すぐに戸が開き、

「どうぞ」

と、招く。

登一郎が入って行くと、奥から虎も現れた。

「や、こりゃ……このあいだはどうも」

「おう、薬を持って来てくだすったんだとよ」

言いながら、鼠が手で登一郎に上がれと誘う。

「邪魔をするぞ」

上がり込んだ登一郎は、手にしていた壺を前に置いた。

胡座《あぐら》をかいた鼠は、膝の上に晒を巻いている。

「具合はどうだ」

登一郎が指で差すと、「へえ」と鼠は膝を立てた。

「くっついちゃあきたんですけど、ちぃと赤く腫れてて……」

「ふむ、斬られたのであろう。この薬は刀傷に効くのだ。塗ると膿《う》みにくくなる。見せてみろ」

鼠は虎と顔を見合わせるが、頷き合って巻いていた晒を取った。

ふむ、と登一郎は覗き込む。

「さほどの傷ではないな。これなら、薬を塗っておけば治るであろう」

壺をぐいと前に押し出すと、鼠は「そんじゃ」と取り上げた。

傷口に塗り始める手元を見ながら、登一郎は笑顔を作った。

「鼠と呼ばれていたな、鼠小僧の再来かと思ったぞ」

「とんでもねえ」答えたのは虎だった。

「こいつは忠吉《ちゆうきち》って名なもんで、忠公忠公《ちゆうこう》って呼ばれてたんでさ。そっから鼠になっただけのこって。あぁんな大物とはわけが違いまさ」

虎の笑いに、登一郎もつられる。

「なんと、そういうことか。なれば、そなたは虎と呼ばれていたな、虎吉《とらきち》というのか」

「いんや」今度は鼠が笑い出す。「こいつは末松《すえまつ》。虎なんざ縁もゆかりもねえってやつで。あっしが鼠って呼ばれるようになったんで、そいじゃ、みんな、渾名《あだな》をつけようってことになったんで。そしたらこいつ、てめえから虎にするって言い出しやがったんでさ」

なるほど、と登一郎は思う。巾着切りをするなら、名を伏せたほうがよい、ということか……。

「いいじゃねえかよ、おれぁ好きなんだよ、虎が」

口を尖《とが》らせる虎に、鼠は顔を振る。

「けど、似ても似つかねえ」

登一郎は笑いを含んだまま、言った。

「そういえば、熊と呼んでいた者もいたな。それも、自分でつけたのか」

「いんえ」虎が首を振る。

「あいつは色が黒いから、あっしがつけたんでさ。もう一人は狸《たぬき》の狸公《たぬこう》ってんですけどね、それは顔が丸いからで」

言いながら笑い出す。

「ほう」登一郎は弛めた面持ちのまま、そっと唾を呑んだ。

「皆は、その……巾着切りの仲間なのか」

虎の笑い声が消えた。鼠も下を向く。

「まあ、旦那には見られちまったからな」虎が肩をすくめた。

「そういうこって。あ、けど、狙うのは金を持ってそうな旗本だけですぜ」

「そうでさ」鼠が頷く。

「貧乏御家人や町人には手を出さねえのが流儀ってもんで」

ふうむ、と登一郎はそっと二人の身体を見た。入れ墨はない。古い傷跡もない。顔つきもさほど荒《すさ》んでいるわけでもない。次に問う言葉を考えていると、背後で音が鳴った。

戸が開いて、男二人が入って来る。熊と狸だ。

「おいっ」熊は土間で仁王立《におうだ》ちになった。

「なんなんだ、こりゃ」

登一郎を睨みつける。

「誰が入れたんだ」

「ああ」鼠が腰を浮かせた。

「薬を持ってきてくだすったんだよ。刀傷に効くって」

「刀傷」熊の後ろにいた狸が前に出た。

「ほんとか」

右腕を押さえている。袖には血が滲んでいるのが見て取れた。

「やっ、斬られたのか」

虎が慌てて土間に飛んで行く。

「ああ、ちっとな」

座敷に上がりながら、狸は袖をまくり上げた。

二の腕に短く、斬られた傷があった。

「焼酎はあるか」

登一郎の問いに、虎が「へい」と走る。

「そうそう、傷には焼酎だ」

奥から酒徳利を持って来ると、虎は口に含んだ。

「しみるぞ」

と言って、傷口に吹きかける。

くっと顔を歪めた狸の横に、熊も座った。

登一郎は鼠から薬壺を受け取ると、熊に差し出した。

「血を拭き取ってから、この薬を塗るといい。傷口だけでなく、周りにも塗るのだ。その上から晒を巻いて、毎日、薬を塗り替えるとよい。傷は乾かさないほうが早く治るから、こまめにな」

熊は憮然とした面持ちのまま、壺を受け取った。睨みつける眼はそのまま変わらない。

登一郎は目顔でわかった、と頷いて立ち上がった。

「わたしはこれで、退散する。邪魔をしたな」

四人の目を感じながら、登一郎は土間に下りる。

出て行く背中に、小さく「どうも」と誰かの声がした。

三

朝の掃除をしていた登一郎は、竹箒を持つ手を止めて振り返った。

お縁の家の戸が開いたのだ。

男児が飛び出して来るのを、お縁が追って出て来た。

「これ、竹坊《たけぼう》、遊びに行ってはいけません。今日はおっかさんの所に行くんだから」

子供は振り返ると、手を上げた。

「井戸で手ぇ洗ってくる」

横丁にある井戸へと走って行く。

「預かりは今日までか」

登一郎の問いに、お縁は「ええ」と頷く。

「柳橋《やなぎばし》へ連れて行くことになっているんです」

「柳橋?」

両国から神田川を渡った所にある町だ。

寄って行く登一郎に、お縁は小声で返す。

「あの子のおっかさんは深川《ふかがわ》の芸者なんです」

「ほう、芸者の子か」

「いえ、産んだのは遊女だそうで、育てられないのを知って、引き取ったそうですよ」

「ふむ、情があるのだな」

「ええ、いいお人です。けど、深川はあちこちの岡場所が引き払いを命じられたそうで……」

　奢侈禁止令の一環で、江戸の町にある多くの岡場所が店払いとされた。深川には小さな岡場所がいくつもあり、そのうちの何カ所かが店払いになっていた。

「ああ、芸者もずいぶんとお縄になったそうだな」

「そういう話です。でも、そのおっかさんは捕まらなかったそうで、しばらく息を潜《ひそ》めていたんですって」

「ふうむ、しかし困ったろうな、稼ぎがなくなって」

「ええ、難儀をしたそうです。けれど、だんだんと柳橋に人が集まるようになって、芸者も移っているんですって」

「ほう、柳橋とは、あまり耳にしたことがなかったな。いや、そうか。流行っていなかったがゆえに、公儀の目もさほど届いていなかった、ということか」

「そうらしいです。小さな船宿がいくつかある程度の町だそうです。けど、そこにこっそりとお客が集まるようになったんですって」

「なるほど。そうなれば、芸者らも仕事ができるというわけだな」

「はい。なので、竹坊のおっかさんも柳橋の近くに家移《やうつ》りすることとしたそうです。で、うちで預かっていたんですけど、昨日、家移りが終わったからって、おっかさんが迎えに来たんです。なのに、竹坊は昼寝してて起きなくて……」

小さく笑うお縁に、登一郎も笑みを浮かべた。

「そうか、起こすのがかわいそうだから、今日にしたのだな」

「ええ、おっかさんは家移りで疲れているようでしたから、あたしが連れて行くってことにしたんですよ」

肩をすくめたお縁は顔を巡らせた。

竹坊がこちらに戻って来る。

登一郎は、腰をかがめてその小さな顔を覗き込んだ。

「おっかさんに会えるのはうれしいか」

竹坊は、肩をくねらせた。

「そりゃ……」

ははは、と登一郎は笑って子の頭を撫でた。

「当たり前だな」

お縁も笑顔になる。

「さ、行きますよ」

子の手を握ると、会釈をして、お縁は歩き出した。

横丁を出て行く二人を見送って、登一郎はまた竹箒を動かす。

と、その手を再び止めた。

横丁に入って来た人影が、目を引いたのだ。

物売りでもない、普段は目にすることのない振り袖姿の娘だった。

左右を見渡しながら、おずおずとした足取りで歩いて来る。

登一郎が見つめていると、娘は気づいて足を止めた。が、すぐに歩み寄ってきて、前に立った。

「あの、この横丁におふくという女の人はいませんか」

「おふく……いや」

登一郎は首を振りかけて、それを止めた。以前、お縁は本当の名をおふくというのだと、話していたのが思い出された。

「ああ、そこの家だ」向かいの家を手で示す。

「しかし、出かけておる。すぐ近くに、というわけではないから、戻りはいつになるか、わからぬな」

まあ、と娘は閉まった戸を見た。左目の下に並んだ二つのほくろが、歪めた目とともに動いた。

その姿の上から下までに、登一郎は目を動かした。髪に挿した櫛《くし》は赤色が鮮やかな漆《うるし》塗《ぬ》りで、着物も仕立てがよい。大店《おおだな》の娘と見て取れた。まさか、子を預けたいわけではあるまい……。そう思いつつ、登一郎は口を開いた。

「なにか、言伝《ことづて》があれば、預かるが」

あ、と娘は顔を戻す。

「いえ」とかしこまって頭を下げる。

「出直します。お邪魔をしました」

そう言うと、背を向けて、横丁を出て行った。

それを見送っていると、背後から足音が近づいて来た。

「先生」新吉が駆けて来る。

「聞きましたか」

「む、なにをだ」

身を回した登一郎に、新吉は手振りをつける。

「歌川国芳がお呼び出しを食らったそうですよ」

「お呼び出し、大番屋《おおばんや》にか」

「ええ、佐久間町《さくまちょう》の大番屋に、今日、出向くそうです」

江戸の町には多くの自身番屋がある。それは町で運営する番屋だ。それとは別に、町奉行所の出先である大番屋が七箇所に置かれている。捕まって自身番屋に引かれた者が、そこに移されることも多い。大番屋で吟味が行われるのだ。また、町奉行からの呼び出しなども、大番屋で行われる。

「ほう、あの源頼光の土蜘蛛の絵がお上の癇《かん》に障《さわ》った、ということだな」

「そうでしょう、町人は大喜びですからね。捨て置けぬってやつでしょうや」

新吉は笑う。

「八つ刻《どき》（午後二時）あたりらしいですよ。あたしは、行ってみまさ」

そう言うと、くるりと背を向けて、家へと戻って行った。

ふむ、と登一郎は空を仰いだ。

外神田の佐久間町への道を、登一郎は清兵衛と連れだって進んでいた。

清兵衛は若い頃、芝居小屋で囃子方をしていたため、役者絵をよく描いていた国芳とは顔見知りだ。

「しかし、国芳というのは気概のあるお人だな」

登一郎がつぶやくと、清兵衛が、ははっと笑った。

「まったくだ、これでお呼び出しは何度目になるんだか」

奢侈禁止令が出されてから、国芳は公儀を風刺するような絵を何枚も描いている。禁じられた役者を猫の顔にして書いたり、亀の姿で描いたりもしている。

「芳さんは武者絵が得意だが、芝居も役者も好きなのだ。そして、威張るやつが大嫌い、ときている」

清兵衛の言葉に、登一郎は「ほう」と目を瞠《みは》った。

「反骨《はんこつ》のお人だな」

「おう、上には強く、下にはやさしい、というやつだ。捨て猫を見ると、すぐに拾って帰るしな」

語り合っているうちに、佐久間町に入っていた。

道の先に、人混みが見えて来た。

大番屋の周辺に人が集まっている。

「ええい、散れっ」

出て来た役人が棒を振り回すと、人々は顔をしかめて、道の端へと退いていく。が、そこからは動こうとしない。

その人混みをかき分けて、新吉が現れた。

「や、お揃いで」

「おう」清兵衛が寄って行く。

「芳さんはもう中なのか」

「ええ、早めに来て、入って行きましたよ」

新吉が目顔で指す大番屋を、登一郎は首を伸ばして見た。

周りの皆も、つま先立ちをしたり、背伸びをしたりして、見つめている。

「あったくよぉ」

男らの声が聞こえてくる。

「絵くらいでいちいち呼び出すんじゃねえってんだ」

「おうよ、小せえったらねえぜ」

「呼び出したのはあれかい、妖怪の南町かい」

妖怪こと鳥居甲斐守耀蔵は南町の奉行だ。

「いや、今月は北町が月番だ」

北町と南町の町奉行所は、ひと月ごとに当番に当たる仕組みだ。非番のほうは、門を閉ざして表だった仕事はしない。

「そうか、じゃ阿部《あべ》様が呼び出したってわけか」

二月に遠山金四郎がお役御免となり、その跡を継いだのが阿部遠江守正蔵《とおとうみのかみしょうぞう》だった。

「おう、仕事っぷりを見せようってこったろう」

「けど、罰を下したりしねえだろうな。海老蔵《えびぞう》みてえに江戸払いになったりしたら、とんでもねえ話だぜ」

五代目市川《いちかわ》海老蔵は、七代目團十郎《だんじゅうろう》から名を変えた役者だ。次々に演目を作ったり役をこしらえたりして、大きな人気を博していた。が、芝居を町人の贅沢として目の敵にした老中首座水野忠邦と鳥居耀蔵によって、贅沢を罪とされて江戸払いに処されていた。

「冗談言っちゃいけねえぜ、そんなことになったら、おいらが黙っちゃいねえ」

「おうよ。けど、黙らねえって、なにをするんだい」

「そりゃ……」

「そいつはこれから考えようぜ」

「そうだそうだ」

男らの声が大きくなる。

登一郎は耳を澄ませながら、男らを見た。

贅沢の禁止は着物にも及び、派手な色合いは着ることが許されていない。が、その下の襦袢《じゅばん》には、時折、粋な色合いが見て取れた。

ふっと、登一郎は目を細めた。町の衆も、負けてはおらんな……。

やがて、前のほうから声が上がった。

大番屋から国芳が出て来たらしい。

「おう、歌川国芳、日本一」

声がかかる。

「おめえこそ、江戸の絵師だ」

「そうだそうだ」

続く声に、役人が棒を振り回す。

「ええいっ、静まれ、散れっ」

登一郎は首を伸ばした。

国芳は人々の前を歩きながら、かけられる声に「おう」と笑顔を向けている。

「よかった」清兵衛がつぶやいた。

「お叱りだけですんだようだな」

より重い罪となると、預けの身になったり、仮牢に入れられたりもする。

「さすがに」登一郎は頷いた。「上も考えたのだろう。町じゅうを敵に回すことになりかねないからな」

「ああ、ただでさえ、不満がたまっているからな」

清兵衛の言葉に、隣の新吉が苦笑した。

「まあ、いまさらって気もしますがね」

歩いて行く国芳に、皆が寄って行く。待っていた弟子らも、師を囲んだ。

登一郎は清兵衛の横顔を見た。

「行かずともよいのか」

「ああ」清兵衛は肩をすくめた。

「姿を見て安心した。行こう」

新吉は「そいじゃ」と手を上げた。

「あたしは追って行きますんで」

「おう」

と、二人は頷く。

集まっていた人々は、すでに散じ始めていた。

そこに声が上がった。

「待て、盗人」

人々がざわめく。

それを押し分けて、一人の男が駆け出していく。

もしや、と登一郎はそちらに顔を向けた。鼠の一味か……。

「待ちゃあがれ」

追って行くのは町人だ。

狙うのは侍だけ、と言った虎の言葉を思い出して、登一郎は肩の力を抜いて、顔を戻す。

「巾着切りか」清兵衛は騒ぎを見送って肩をすくめた。

「町は荒む一方だな」

「まったくな」登一郎は辺りを見回した。

「どうだ、どこかで一杯、やって帰らぬか」

おう、と清兵衛が頷く。

「そうしよう」

二人は、ぶらり、と歩き出した。

四

湯島天神の参道から、裏に続く道に入った。

裏道では、子供らが遊んでいる。その脇を通り過ぎて、鼠らの家に着くと、登一郎は窓の外に立った。

座敷に虎の姿を見つけ、登一郎は「ごめん」と声をかけた。

振り向いた虎は、お、と立ち上がった。戸を開けると、

「こりゃ、ご隠居さん」と、笑顔を見せた。

「こないだはどうも」

いや、と戸口に向かうと、登一郎は懐からまた壺を取り出した。

「薬を持ってきたのだ。怪我人が二人になっては、減りも早かろうと思うてな」

「えっ、こりゃどうも」虎は座敷に顔を向ける。

「おうい、みんな、旦那がまた薬を持ってきてくれたぞ」

奥から、三人がぞろぞろと姿を現した。

「や、こいつはありがてえ」

鼠が進み出る後ろで、熊と狸は並んで立ったままこちらを見ている。

「さ、どうぞ」と言ってから虎は振り向き、並んだ二人を見た。

「かまやしないだろ」

二人は憮然とした面持ちながら、小さく頷いた。

「ささ」

鼠の手招きで、登一郎は中へと上がった。

四人が半円に胡座をかくと、その前に手にした小壺を置いた。

「先日の薬だ。傷の具合はどうだ」

へい、と鼠は晒を巻いた脚を立てて見せた。

「もう痛くもねえし、平気でさ」

言いながら鼠は狸に顔を向けた。

狸は右の袖をまくると、やはり晒を巻いた腕を顕《あら》わにした。

「まだ、ちいと疼《うず》きやすが、それくらいで」

「そうか」登一郎は二人を交互に見た。

「なれば、ほどなく治るだろう。が、まだ暑いから、傷は膿みやすい。すっかりよくなるまで薬を塗り続けたほうがよい」

熊が黙って手を伸ばし、壺を取り上げると、太い声を出した。

「お代は？」

え、と、登一郎は改めて熊を見た。目つきが一番険しく、口もへの字だ。

「代は無用」登一郎は首を振った。

「近所に懇意にしている医者がいてな、安く譲ってくれるのだ」

熊と狸は顔を見合わせ、狸が小首をかしげた。

「そいじゃ、代わりになんかお望みで」

「おう」と熊も眉を寄せる。

「厄介な頼み事なら、薬は返すぜ」

上目になる狸と熊に、登一郎は「いやぁ」と面持ちを弛めて見せた。

「そのような腹はない。たまたま怪我人を見た、そして、わたしは簡単に薬が手に入る。なれば渡そう、と、そう思うただけだ」

狸と熊は顔を見合わせる。

「だぁからぁ」虎が畳を叩く。

「旦那はいいお人なんだって。おいらの巾着切りをわかってて、逃がしてくれたんだから」

そうそう、と鼠が頷く。

「お侍にだって、町人に情をかけるお方はいるもんさ。あっしは、贔屓《ひいき》にしてくれるお侍によく小遣いをもらったもんだ」

ほう、と登一郎は鼠を見た。

「贔屓とは、役者でもしていたのか」

「いんや」鼠が首を振る。

「あたしは絵師だったんでさ。客の注文で、よく役者を描いたんでさ。で、お侍のなかには、ときどき春のほうの絵を注文するお方もいて、いいのが描けると、お代に色をつけてくれたんでさ」

春、と登一郎は胸中でつぶやく。ああ、春画のことか……。

「なるほど、では、虎も絵師であったのか」

「いえいえ」虎は手を振る。

「あたしは摺師《すりし》だったんで。この鼠の描いた絵が版画になって、こっちに回って来ることもあったんで、まあ、仲間みたいなもんで」

「そうか」

登一郎は頷いた。禁令によって、役者絵も色鮮やかな錦絵も春画も作ることができなくなり、多くの絵師や彫り師、摺師まで仕事を失っていた。

「職をなくしたわけだな」

言いながら、登一郎は狸と熊を見た。

狸は顎を上げた。

「あっしは絵じゃねえ。寄席芸人でさ」

「ほう、噺家か」

「いや、軽業師《かるわざし》でさ」

寄席では、さまざまな芸を見せる芸人が出ていた。

隣の熊が、ふんと、鼻で笑った。

「それなのに、捕まりそうになって腕を斬られちまいやがって」

「るせえやい、ありゃ、逃げ道に婆さんがいたから、よけようとしてもたついただけさ」

「まあまあ」虎が手を伸ばして振る。

「いいじゃねえか、熊だって、前にドジを踏んだことがあろうよ」

言われた熊は、ちっと顔を歪めた。

その顔に、登一郎は目を動かした。仕事はなにを、と問うその眼差しを察して、熊は腕を組んだ。

「おれぁ、この近くで働いてたんだ」

そう、と、鼠が熊を指で差す。

「こいつは、根津権現《ねづごんげん》前の岡場所の男衆だったんでさ。あっしは客で行って、顔見知りだったってわけで。狸もそうだよな」

湯島と根津はほど近い。狸は苦笑して肩をすくめた。

「なるほど」登一郎は頷く。

「岡場所は方々で店の引き払いを命じられたと聞いた。根津もであったか」

へい、と熊は口を尖らせる。

「そんで、みんな、行き場をなくしちまったんだ」

「そうか」登一郎は息を吐いた。

「奢侈禁止令で職を失った者同士、集まったというわけだな」

「まあ、そういうこって」天井を仰いで、狸が言う。

「巾着切りはなんてえか、はずみだったんでさ。贅沢して、威張り散らしている侍に腹が立ったもんで」

「おう」熊が腕を組む。

「悪いのはお上だ。おれらには倹約倹約って言いやがるくせに、武士にはおかまいなし、なんてえのはおかしい話じゃねえか。だから、見てろよ、と思ったたってわけさ」

「ああ」虎が手を打った。

「いっとう最初に熊が盗ってきた巾着がすごくて、一分金や二朱金がいっぺえ入っててな。ありゃ、旗本だったたんだろう」

虎の問いに、熊が頷く。

「おう、いかにも高そうな羽織を着てやがったから、狙ったんだ。したら、大枚《たいまい》が入ってやがった」

「ありゃ、腹ぁ立ったな」鼠が口を開く。

「町のもんは、おからを食ってるってのによ、ふざけんじゃねえって話だ。そう言ったら熊が、そんなら困ってるもんにわけてやろうって言いだしてな」

「うん」虎が笑顔になる。

「分けてやったら大喜びされたな」

「そっからだよな」鼠が腕をさする。

「熊と狸にやり方を教わって、おれらも、な」

ふうむ、と登一郎は小さく笑った。

「町では義賊が出たと、もっぱらの評判だが」

四人は顔を見合わせる。

「いや、そんなつもりじゃねえ」

熊の言葉に、虎が顔を左右に振る。

「ええっ、あたしはそういうつもりだよ。いいじゃないか」

「おう」鼠が袖をまくる。

「義賊なんざ、かっこいいってもんだ」

狸は黙って肩をすくめる。

「まあ」と登一郎は、四人を見た。

「ほどほどにしておくことだ。捕まっては元も子もないからな」

「へい」

と四人の声が揃う。

熊がごつい手で、薬の壺を持ち上げた。

「そんじゃ、こいつはありがたく頂戴しますぜ」

うむ、と登一郎は腰を上げた。

戸口から出る背中に、「どうも」と四人の声が届いた。

湯島天神横の坂を下りると、登一郎は切通町の辻を曲がった。

倉之介の母御はどうしているだろう……。そう思いながら、小峰家の借家に向かう。

開けられたままの戸口から、中が見えた。母の松が雑巾がけをしている。

「ごめん」

声をかけると、「まあ」と松は顔を上げた。

頭に巻いた手拭いを取りながら、松は戸口に出て来る。

「これはこれは……」

上がり框《かまち》に膝をつく松の背後に、娘の姿が現れた。

母の横に並ぶと、ともに手をついて低頭した。

「おや」

戸惑う登一郎に、顔を上げた松が微笑む。

「娘の千江《ちえ》です。倉之介の二つ下の妹で」

千江も顔を上げた。

「兄がお世話になったと聞きました。かたじけのうございました」

いや、と登一郎は目を細めた。

「しっかりとした娘御でおられる」

「はい」母は目を細める。

「先日は、仕立物を届けに行ってくれていたのです。手習所も手伝ってくれると言うていて」

千江は頷く。

「いろはの手習いは、わたくしが教えようと思うています」

「ほう、それは頼もしい」

笑顔になった登一郎に、松が座敷を示す。

「どうぞ、お上がりを」

「いや」登一郎は首を振った。

「近くに来たので、寄ったまでのこと。どうしておられるか、気にかかっていたのでな」

「まあ、ありがとうございます。手習所のこともいろいろと聞いて、用意も進んでおります」

「そうか、なればよい。上の町を歩いて来たのだが、確かに子供らの姿も多かった。きっと集まるであろう」

「はぁ、そうなればよいのですが……参道の町で話をしてみたところ、どこも暮らし向きが厳しいという話ばかりで。手習所に払うお金はないとか、天神机《てんじんづくえ》も文箱も買えない、と言われてしまって……」

子供の使う天神机や文具は、親が用意することが多い。

眉間を狭める松に、登一郎はううむ、と唸った。

「町の者らの窮乏《きゆうぼう》はいずこも同じ、ということか」

「なれど」と、松は面持ちを弛めて顔を上げた。

「わたしどもも、なんとか工夫しようと考えております。もう、頼るお人もおりませんから、この腕で生きるしかありません」

松は右腕を上げた。

うむ、と登一郎は目を細めた。

「その心意気があれば、道は開けよう。また参るゆえ、なにか困ったことがあれば、遠慮なく申されよ」

「恐れ入ります」

頭を下げる二人に背を向けて、「では」と登一郎は外に出た。

戸を閉めると、中から娘のささやき声が聞こえてきた。

「母上、殿方を気易く招き入れるなど……」

登一郎は、えっと、目を丸くした。が、すぐに、苦笑して肩をすくめた。

いや、もっともなことか……気丈な娘御だ……。苦笑を笑みに変えて、登一郎は歩き出した。

五

朝の掃除をしていた登一郎は、その顔を上げた。

向かいの戸が開いて、お縁が出て来たのだ。

「おはようございます」

言いながら、登一郎は数歩、寄って行った。

「おはようございます、風が涼やかになりましたね」

八月もすでに終わりかけていた。

「うむ……ところで、娘の客人は見えたか」

「娘？」

「ああ、先日、お縁さんの留守中に、訪ねてやって来たのだ。おふくさん、という名を言っていたが」

「え」とお縁は眉を寄せる。

「いいえ、来ていませんけど……どのような娘でしたか」

「よい振り袖を着て、大店の娘といったふうであったな……そうだ、この辺りに小さなほくろが二つ並んでいた」

登一郎は左目の下を指で差す。

「えっ」とお縁は寄って来た。

「ほくろって……本当ですか」

「う、うむ。知っているのか」

登一郎の問いに、お縁は膝が折れるようにしゃがみ込んだ。

「お、どうした」

覗き込む登一郎に、お縁は伏せた顔を振る。

「それは……娘です、あたしの……」

え、と登一郎は声を詰まらせた。言葉を探すが、出て来ない。

「あたしの産んだ子です」

お縁は顔を上げて、ゆっくりと立ち上がった。

「そう……なのか」

そういえば、と登一郎は以前に聞いた言葉を思い出す。三人の子を育てた、と言っていたな……。

お縁は唇を震わせながら動かす。

「おとみは一番下の娘です。長男と長女がいて末っ子で……」

「ほう、では母を訪ねてきたのだな。しばらくぶりであったのか」

「ええ、もう十年、いえ、もっと……あたしが家を追い出されてから、一度も会ってなかったんです」

登一郎は、なんと、と喉元でつぶやく。また言葉を探すが、見つからない。

お縁は声も震わせた。

「旦那様から三行半《みくだりはん》を突きつけられて、あたしは家を出されたんです。惚れた女《おなご》ができたからって……」

「むう、それは……」

戸惑う登一郎に、お縁は顔を上げて苦笑した。

「ひどい話ですよね。おまけに子供らは置いて行け、二度と会うなって」

「ううむ、無体《むたい》にもほどがある」

登一郎の唸り声に、お縁は泣き笑いの顔で頷いた。

「相手は三味線のお師匠さんだったんです。習いに行っているうちに、そういう仲になってしまったらしくて……旦那様は言い出したら聞かない人でしたから、あたしもあきらめたんです。お金だけはたくさん持たせてくれましたし」

なるほど、と登一郎は腕を組んだ。

「それでこの横丁に移り住んだ、ということか」

「はい。取り柄もないので子の預かりを始めて、しばらくしてふくという名を捨てたんです。福なんて、嘘っぱちだと思って……」

「そうか、それからお縁さんになったのだな」

「ええ……子供の養子を取り持つこともあって……」

「いや、よい名だと思うぞ。おふくさんよりも似合っている」

登一郎の言葉に、お縁はふっと微笑んだ。が、それがすぐに消えた。

「旦那様に未練はなかったけど、子供のことが気がかりで……」

なるほど、と登一郎は腑に落ちた。時折見せる寂しげで悲しげな面持ちは、そのためだったのか……。

お縁はそっと目元を拭った。

「子供らはさぞかしあたしを怨んでいるだろう、と思ってました」

「いや」と登一郎は腕を解いた。

「娘御、おとみちゃんというのか、そのような怨みを持っているようなようすではなかったぞ。留守だと伝えたら残念そうにしていたし、うむ、また来るに違いない」

まくし立てる登一郎に、お縁は笑みを見せた。

「そうでしょうか」

「うむ、来る」

大きく頷く登一郎に、お縁は、

「ありがとうございます」と腰を折り、顔を上げた。

「あの、もしもまたあたしの留守中に参りましたら、引き留めておいていただけないでしょうか」

「おう、まかせておけ」

登一郎は胸を叩く。

お縁はほっとした目で、小さく頷いた。

「お願いいたします」

納豆売りの声が聞こえてくると、お縁は赤くなった目を隠して、家へと戻って行った。

夕刻。

「ごめん」と登一郎の家の戸が開いた。

入って来たのは遠山金四郎と清兵衛だ。

「おう、これはようこそ」

出迎える登一郎に、二人は手にした酒徳利を掲げる。

「一杯、やろうと思うてな」

遠慮なく上がって来る清兵衛に、金四郎も続く。

「暇だから、町に出たのだ。で、ついこっちに足が向いた」

三人が車座になると、佐平が膳を運んで来た。

金四郎は袖から紙袋を出すと、それを破いて膳に置いた。

「寿司屋がなくなってしまったからな、つまみは煎餅《せんべい》だ」

寿司は贅沢とされ、人気の華屋与兵衛《はなやよへえ》のみならず、三十軒ほどの寿司屋が潰されていた。

「あのう」佐平が台所から首を伸ばす。

「お新香と貝の時雨煮《しぐれに》しかありませんが、よければ」

「おう、よいよい」

三人は笑顔になる。

ぐい呑みを傾けると、金四郎は、ふうっと息を吐いた。

登一郎と清兵衛も、喉を鳴らす。

「そういえば」登一郎は金四郎を見た。

「先日、歌川国芳が大番屋に呼び出されてお叱りを受けたが、あれは阿部殿の手腕、ということですかな」

ふうむ、と金四郎は身体を傾ける。

「まあ、阿部殿としては、町奉行に抜擢されたのだから、仕事ぶりを見せねば、と考えたのだろう」

へえ、と清兵衛がぐい呑みを持つ手を止めた。

「その阿部殿ってのは、どういうお人なのだ」

「うむ」金四郎が目を上に向ける。

「大坂の町奉行を務めたことがあるお人だ。なんというか、真面目で……まあ、上には決して逆らったりはしないお方だな」

「なるほど、だから金さんの後釜《あとがま》に据えられたわけか」

笑う清兵衛に、金四郎も苦笑する。

「そういうことだ。水野様に従順で鳥居甲斐守ともうまくやれる者、と見なされて選ばれたのだろう」

「いかにも、だな」登一郎も苦い笑いを漏らした。

「お城は相変わらず、ということか」

そのつぶやきに、金四郎は「いや」と真顔になった。

「それがな、ちと変わってきたのだ」

ほう、と二人が見つめるなか、金四郎は身を乗り出した。

「水野様は変わらず、上知令を発布すべく進めているのだが、大名方が不満を顕わにし始めたのだ」

「はっ」と登一郎は失笑した。

「町人の困窮は見過ごしても、己の腹が痛むとなれば黙ってはいられない、ということだな」

ああ、と金四郎は顔を歪める。

「なんとか上知令を撤回させたいと、大名方は画策しているようだ」

へえ、と清兵衛も冷えた笑いを漏らす。

「なんとも寒い御政道だな」

三人は歪んだ顔を見交わす。

そこに佐平が皿を手にやって来た。

「はい、こっちが蛤《はまぐり》、こっちが浅蜊《あさり》の時雨煮です。で、これが瓜《うり》と茄子《なす》のお新香で」

置かれた皿を覗き込んで、

「おう、上出来だ。これは酒に合う」

金四郎が膝を打つ。

瓜の新香をぱりぱりと囓ると、金四郎は上目になって眼を左右に動かした。

「でな、鳥居甲斐守が、なにやらうろちょろとしているようだ」

「妖怪が?」

登一郎の問いに、金四郎が頷く。

「おう、形勢を窺っているのだろう」

ううむ、と登一郎は腕を組んだ。

「妖怪は損得に聡《さと》いからな」

ああ、と金四郎が片目を歪める。

「なにを目論《もくろ》んでいることやら」

ぐい、と酒を呷ると、またふうっと息を吐いた。

第三章　老中への襲撃

一

日本橋の店先で、登一郎は肩をすくめた。

「ないのか」

「はい」と手代も肩をすくめた。

「国芳の源頼光の絵は、もう刷りをやめてしまったんですよ。御公儀から睨まれたもので、版元は怖《お》じ気《け》づいたみたいです」

「そうか、なればしかたない」

登一郎は店に背を向けて、歩き出した。

相変わらず多くの人が行き交っている。

その人混みのなかで、おや、と登一郎は目を留めた。

先を歩く男の姿から、目が離れない。あれは、狸ではないのか……。思いながら、足を少し速めた。

背中を追う登一郎は、さらに目を眇《すが》めた。狸の気配が気にかかる。肩や背中に力が入っているのが、見て取れた。

狸の先を見ると、一人の武士がいた。左右をきょろきょろと見回し、人混みにぶつかりそうになりながら歩いている。

狸は少しずつ、間合いを詰めていく。

狙っているのか……。登一郎はさらに足を速めた。

武士は立ち止まると、小間物屋の店先を覗き込んだ。顎を撫でながら、品々を見ている。

む、と登一郎はそのごつい手を見つめた。

狸は武士の背後を通り過ぎて、先へと行く。

武士は店を離れて、また歩き出した。

狸は道の先で、向きを変えた。

武士に向き合うも、顔は逸らして小走りになった。

やるつもりだな……。登一郎は足を速める。

狸が登一郎に気がついた。えっと、声を上げて足取りが乱れる。

登一郎は武士を追い抜いて、狸の前に立った。

「やめておけ」

そう言うと、狸の手首をつかんで、身体の向きを変えさせた。

そのまま歩き出すと、登一郎は狸の耳にささやいた。

「あの侍は腕が立つ」

狸は黙って登一郎に従った。

辻を曲がって表の道から逸れると、登一郎はそっと手を離した。

「今日は一人なのか」

へえ、と狸は頷く。

「熊の野郎は足首をひねっちまって、家で休んでまさ」

「そうか、そなたの腕はどうだ」

ああ、と狸は腕をさする。

「よくなってやす。いただいた薬を毎日塗りましたから」

ふむ、と登一郎は顔を巡らせた。

「せっかくだ、そこいらの水茶屋で団子でも食わぬか」

「団子ぉ……」

呆れたように顔を歪める狸に、登一郎は笑った。

「では、酒にするか。ちと早い夕飯ということにして」

「へい、そんなら」狸は先に歩き出す。

「いい飯屋を知ってるんで」

登一郎も続いて、内《うち》神田の細い道へと進んだ。

「ここでさ」

飯屋のすすけた暖簾《のれん》をくぐって入って行く。

小上がりに座ると、狸はいかにも馴れたふうで、

「酒、それと適当に見繕ってくれ」

と、店の親父に笑顔を見せた。

ほう、笑うのだな、と登一郎はその顔を見た。

ぐい呑みを口に運んで、登一郎は小声で問いかけた。

「先ほどの武士は、どこか遠方から来た藩士と見えたぞ。虎は旗本しか狙わない、と言っていたが」

ああ、と狸は肩を揺らす。

「あっしはそんな細かいことは気にしねえんで。藩士だって国元じゃ、町人や村人から税を取り立ててるんだ。国によっちゃあ、百姓の飢え死にを平気で見過ごしにしやがる。かまやしねえ」

「ほう、他国に行ったことがあるのか」

「行ったなんてもんじゃねえ。あっちこっち旅して回ったもんでさ。あっしは子供んときに軽業師の一座に売られたんでね」

そう、か、と登一郎はつぶやきを漏らした。なんと言えばよいのか、迷っているうちに、狸は歪んだ口を開いた。

「おまけに、その一座は盗みまでするときた。だから、こっちも得意になったわけでさ」

狸は人差し指を丸めて見せる。

ううむ、と登一郎はその指を見つめた。

「そうか、それゆえ、虎や鼠らにコツを教えたのだな」

「ま、そういうこって」

狸は肩を上げると、運ばれてきたどじょう鍋に箸を伸ばした。

湯気を吐きながらどじょうを嚙むと、また笑顔になった。

「うめえ」

そうか、と登一郎も箸でつまむ。

狸は赤くなった顔を伏せた。

「まあ、あいつらにそんなこと教えるのはどうかと思ったけどよ、虎と鼠のやつが、盗った金は分けてやろうって言い出したから、ならいいか、と……」

そっと顔を上げた狸に、登一郎は頷いた。

「なるほど。あの二人は根っからの悪党とは思えぬな」

「そっ」狸が片目を細めた。

「悪党どころか人がいい。大した苦労をしたことがねえんでしょうよ。初めはいらいらしたけど、まあいいかって思えてきて、気づいたら熊もあっしもあいつらに引っ張られてた、てとこですかね」

「ふうむ、よい縁だったわけだな」

「縁、か……あっこは熊の家なんですけど、仕事をなくしたもんらが知り合いだってんで、転がり込んだだけなんでさ。けど、そうすね、あっしにとっちゃあよかったのかもしんねえな」

ぐいと酒を呷って、狸は登一郎に顔を向けた。それを斜めにすると、まじまじと見つめてきた。

「旦那はなんであっしらを助けるんです。お侍は、お上に背《そむ》いちゃまずいんじゃねえんですかい」

ううむ、と登一郎は喉で唸った。

「いや、町で暮らすようになって、いろいろと見えてきたのだ。正しいと言われたものが、実はそうではなかった、とかな。今はなにが正しいのか、己で判じようと思うている」

「ふうん」と狸はさらに首をひねって、戻した。

「ま、いいや。あっしは旦那を信じることにしたんで。こっそりと役人に知らせる、なんてえ騙し討ちはなしですぜ」

登一郎は「おう」と頷いた。

「相手が狸でも騙したりはせぬ」

へ、と狸が目をしばたたかせる。

「戯《ざ》れ言《ごと》ですかい」失笑すると、腹を突き出して見せた。

「けど、あっしは狸みてえに腹なんぞ出ちゃいませんぜ。なにしろ、身軽が売りなんで」

ほう、と登一郎は腹を見て頷いた。

「そうだな。さすが軽業師だ」

へへっと狸は笑って、ぐい呑みを手に取った。

朝餉をすませて茶を飲んでいると、戸口が小さく開いた。

「おはようございます」

新吉が顔を覗かせる。

「おう、早いな」

登一郎が顔を向けると、

「いいですかい」と、新吉は土間に入ってきた。

「九月の暦、まだ渡してませんでしたよね」

おう、と登一郎は土間へと寄って行った。

「そういえば今年は閏年《うるうどし》だな」

暦を手にした登一郎に、「ええ」と新吉は頷いた。

「来月は閏九月です」

月齢を基とした太陰暦《たいいんれき》は、ひと月が小の月の二十九日と大の月の三十日で成り立っている。すると、一年の三六五日に日が足りない。ために、二、三年おきに閏年をつくって、ひと月増やして調整するのだ。九月に続いて、閏九月が置かれることになる。

「暦売りにとっては仕事が増えるよい年だな」

登一郎がにこやかに言うと、新吉も「はい」と笑顔になった。が、すぐに真顔になると、新吉は声を落とした。

「ところで、お城はなんだか揉めているそうですね」

相変わらず地獄耳だな、と登一郎は感心する。読売作りのために、新吉は方々に伝手《つ》《て》を持っている。

「うむ」と登一郎も声を低くする。

「新しい法令を練っているらしい。上知令というそうだ」

「へえ、どんなもんなんです?」

登一郎は、以前、清兵衛にしたのと同じ説明をする。

「なあるほど」新吉は眼をくるりと動かした。

「そりゃ、領地を持っている大名らにとっちゃ、えらいこってすね」

「そうだ。領民にとっても大ごとだ。藩札が紙切れになれば破産だ。おまけに領主が変わって直領となれば、民を支配するのは御公儀の代官になる。税の取り立てや暮らし向きは代官次第、ということになるからな」

「あっと、そうか。そりゃ、大変だ。そのあたりのことは、読売で知らせてやらなきゃあならないな」

新吉は、ぽんと手を打った。

「ありがとござんした」

そう言うと、くるりと背を向けて、新吉は外へと飛び出して行った。

登一郎は遠ざかっていく足音を聞きながら、暦に目を落とした。

二

数日後。

朝の掃除をしていると、煮売りの文七がやって来た。

「先生」と小声で寄って来る。

「ちょいといいですかい。見てほしいもんがあるんですが」

ふむ、と登一郎は戸を開けて、土間へと招き入れた。

文七は懐からたたんだ紙を取り出すと、広げて差し出した。

「新吉さんから上知令の話を聞いて、書いたんでさ」

文七は読売の文章を書くのが役割だ。

ほう、と登一郎は上がり框に腰を下ろして、文字を目で追っていく。

上知令の内容が、わかりやすく記されている。

「これでいいでしょうか」

腰を曲げて覗き込む文七に、登一郎は顔を上げた。

「うむ、人々にとってなにが厄介になるかが、よく伝わっている。政に関する難しいことなどいらぬのだから、十分であろう」

「そうですか」

ほっとして身体を伸ばす文七に、登一郎は紙を返す。

「これはいつ売るのだ」

「はあ、新吉さんは今から作って、発令された日に売ろうと言ってます」

「そうか、では、手伝おうか」

御政道や武士に関する話を載せた読売は、公儀によって禁止されている。それをかいくぐって売るために、登一郎はこれまでにいくどか見張り役をしてきた。

「いやぁ」文七は首を振る。

「これは大丈夫でしょう。領民には一大事だろうけど、ほかの者らにとっちゃあ、他人事《ひとごと》ですからね、大して売れやしないと踏んでるんです」

「ふむ、確かに、皆はさほど関心は持たぬかもしれぬな」

「でしょ」文七は顔を振る。

「それより、あたしは義賊を書きたいんです。話を集めていると、やっぱり貧しい者が施しを受けているんですよ。このあいだ、下谷《したや》の長屋に行ったら、父親が病の一家が、二分もらったって話で」

「ほう、くれた人はわかっているのか」

登一郎は虎や鼠の顔を思い浮かべた。

「いや、受け取ったのは子供で、なんでも色の黒いおじちゃんだったってことでした。けど、それきりしかわかりゃしなくて」

色の黒い、か、熊だな……。登一郎は胸中で独りごちた。言いたい、という気持ちが湧き上がるが、それをぐっと呑み込んだ。

「まあ、正体はどうであれ江戸の町に義賊がいる、ということだけでもよい話になろう」

ううん、と文七は首をひねる。

「そう言えばそうなんですけどね。もうちっとこう、ぱあっと話を咲かせたいもんで」

手を開いて、ひらひらと動かす。

その手に、登一郎は笑顔になった。


九月十四日。

「先生」

新吉が戸を開けて飛び込んで来た。

おう、と座敷の登一郎が立ち上がると、新吉は両の腕を振った。

「出ましたよ、上知令が」

「そうか」

「ええ、さっき高札場《こうさつば》に掲げられたってんで、確かめてきました。大坂と江戸の十里四方を御公儀の上地《あげち》とするって……」

「ううむ、いかにも老中首座水野、強行したな」

唸る登一郎に新吉は背を向けた。

「さっそく、読売を売りに行きます」

「待て」登一郎は手を上げた。

「やはりわたしも行こう。最初はどこで売るのだ」

「上野広小路《うえのひろこうじ》に決めてます」

「よし、ではそこで落ち合おう」

へい、と頷いて、新吉は飛び出して行った。

登一郎は身支度を調えると、笛を懐に入れた。

上野の広小路をゆっくり歩いていると、背後の辻から人の声が聞こえてきた。

振り返ると、新吉と文七、久松の読売仲間がいつものように深編み笠を被って立っていた。

新吉が声を張り上げる。

「さあさあ、新しいお触れだよ」

登一郎はそちらに寄って行き、少し離れた所で立ち止まった。

役人が来たら、それを知らせる笛を吹くことになっている。

新吉の言葉が続く。

「江戸十里四方にある大名や旗本の領地が、御公儀の直領になることが決まったんだ」

十里四方は、基点の日本橋から半径五里を指す。

ぱらぱらと集まった人は、ふうん、とすぐに背を向けて散って行く。

そのうちの二人は、登一郎の前を歩きながら、つぶやき合った。

「おらっちには関わりのねえこったな」

「おう、領地の人らは大変だろうがな」

首を振る一人に、もう一人は肩をすくめる。

去って行くほかの人らも、皆、同じようなようすだ。

登一郎はそれを見ながら、おやっ、と目を鋭くした。

一人の町人が寄って行き、一枚、買い求めた。それを手にしながら、三人の姿や人々のようすを窺っている。顔は動かさずに、目だけで探っているのがわかる。

あれは、と登一郎はそっと足を進めた。町奉行所の隠密役に違いない……。

隠密役は姿を変えて、町のようすを探索するのが常だ。

登一郎が寄って行くと、隠密役は読売を懐に入れて、その場を離れた。が、少し離れた場所から、ようすを見ている。

新吉の声は続くが、人々は集まってこない。

読売は数枚、売れただけで、もう買う者は現れなかった。

見ていた隠密役は、ふっと冷笑を浮かべると、去って行った。

新吉らは足早にその場をあとにした。登一郎もそっとついて行く。

三人は裏道を進みながら笠を脱ぎ、小さな稲荷《いなり》の境内に入って左右を窺った。人気《ひとけ》のないのを確かめて、三人で寄る。

そこに、追いついた登一郎も加わった。

「なかなか難しいものだな」

そのささやきに、新吉は苦笑を浮かべた。

「自分に関わりのないことは、どうでもいいってこってすね」

「そりゃそうか」文七が首を振る。

「やっぱり、当の領地に行かなけりゃ、買う人は出ないだろうよ」

久松が肩をすくめる。

「てったって、どこに行きゃいいんだ。飛び地の領地ってどこなんだい」

三人が登一郎を見た。

「ううむ」首をひねった。

「それをくわしく知っているのは、お城の勘定所《かんじょうしょ》くらいであろうな。わたしも知らぬ」

言いながら、思う。あとは台帳を作った鳥居耀蔵か……。

文七が失笑した。

「領地のない御府内《ごふない》じゃ売れないってこった」

「そうだな」新吉は懐にしまった読売をさすった。

「それじゃあ、宿場に行くか。板橋宿《いたばしじゅく》や千住宿の先には領地があるだろう」

「おう、それがいい」

久松が手を打つ。

新吉は登一郎に顔を向けた。

「なので、先生はここでもうお帰りください。売れてなきゃ、役人もムキにはならないでしょうし、あたしらもほどほどにして終《しま》いにします」

「そうか。では、気をつけてな」

登一郎が頷くと、三人も頷き返し、足早に境内を出て行った。

暇になったな、湯屋にでも行くか……。登一郎はゆっくりと歩き出した。

湯屋から戻ってきた登一郎は、横丁に入って、あっと声を上げた。

お縁の家の前に娘が立っている。

駆け寄って、

「おとみちゃん」

と声をかけると、娘は目を丸くした。

驚いてあとずさるおとみに、登一郎は穏やかな笑みを作って見せた。

「いや、聞いたのだ、お縁、いやおふくさんに」

「えっ」引いた足を戻して、おとみは向き合った。

「あたしのことをですか」

「うむ、三人兄妹の末っ子だそうだな」登一郎は戸口を見た。

「おっかさまは留守か」

「はい。そうみたいで」

頷くおとみに登一郎は自分の家を指さした。

「なれば、うちで待てばよい。おっかさまから言われているのだ、今度、留守中に来たら引き留めておいてほしい、とな」

「母が、ですか」

うむ、と登一郎が家に向かうと、おとみはその後に続いた。

「さ、入られよ。ここで待っていればよい」

上がり框に座り、その横を手で叩いた。

おとみはおずおずと、腰を下ろした。開けたままの戸口から向かいのお縁の家が見える。

「あの、母は」おとみは上目で登一郎を見た。

「あたしのことをなんて……」

「ふむ、事情は聞いた。子らは怨んでいるはず、と言うていたが……こうして会いに来たのだから、そうではあるまい」

ええ、とおとみは顔を上げた。

「あたしらは、わかってます。おっとさんが、おっかさんを追い出したんです。あのおきちを後妻にするために」

「ほう、継母はおきちさんというのか」

「母なんかじゃありません」おとみは激しく首を振る。

「あたしらのことなんて、いないも同然なんだから」

握る拳を、登一郎は見た。

なるほど、後妻はそういう女人か……。

おとみは前を見据えた。

「おっかさんがいなくなって、あたしらはずっと心配で……兄さんも探そうとしたんだけどわからなくて。それを姉さんが探し出したんです。お嫁に行った先の旦那さんがいい人で、手を貸してくれて」

「ほう、それで、こののっぴき横丁にいるとわかったのか」

「はい、それを聞いて、あたしは居ても立ってもいられなくて来たんです。で、来たら留守で……けど、そのあと考えて心配になりました。もしかしたら、おっかさんはあたしらのことなんて、もう忘れてるんじゃないかって。会いに来ても迷惑がられるかもしれないって」

おとみは身を乗り出して、登一郎を見上げた。

「でも、ほんとなんですね、引き留めてって言ったんですね」

「うむ、真だ。おっかさまはそなたらのことをずっと気にかけていたのだ。それは、話していてようくわかった」

ああ、とおとみは両手で顔を覆った。

「よかった……」

登一郎は震える肩を見つめた。

「おっかさまも喜ぶぞ」

その顔を外に向けた。下駄の音が近づいて来る。

お縁の姿が現れた。

「そら」

登一郎は立ち上がりながら、おとみの背中を叩いた。

「お縁さん」

呼びかけながら、外に出て行く。

はい、と振り向いたお縁が目を見開いた。

登一郎の背後から、おとみも出て来ていた。

おとみ、とお縁の口が動く。

「おっかさん」

おとみが駆け寄って行く。

ふたりは向き合うと、互いに唇を震わせた。

膝が折れかかった母を、娘が支える。

互いの腕を取り合い、母と娘は見つめ合った。

三

登一郎と清兵衛は、愛宕下への道を歩いていた。

遠山金四郎からの使いが、屋敷に招く書状を持ってきたからだ。

「また、なにか旨い物が手に入ったのだろうか」

つぶやく清兵衛に、登一郎もささやき声を返す。

「もしかしたら、面白い話が入ったのかもしれん」

老中首座水野忠邦から上知令が出されて以降、登一郎は城中の動静が気になっていた。

屋敷に着くと、以前に通された座敷に案内された。

すぐに現れた金四郎は、二人と向かい合った。

膳も運ばれたものの、酒と簡単な肴しか載っていない。

「ま、やろう」

金四郎は酒を注いで、杯を持ち上げた。

「膳は話のあとだ」

膝を進めて間合いを詰める金四郎に、登一郎が身を乗り出す。

「お城のことですか。上知令のあと、どうなっているか気になっていたのです」

「おう」金四郎は腿をぱんと叩く。

「そうだろうと思ったのだ。水野様が上知令を出したあと、大いに動いたのだ。土井様が反対する大名や旗本らを、お屋敷に集めているらしい。話し合いをしているということだ」

「ほう」登一郎は目を大きく開く。

「お屋敷に……確かに上知令の対象となる領地を持つ方々にとっては一大事ですからな」

「そういうことだ。すでに御領地では、騒動が起き始めているらしい。わたしは仲間に入れぬから、くわしくは聞けぬがな」

ふうむ、と登一郎は腕を組んだ。

「しかし、よく集めましたね。小さな飛び地などは、わかりにくいでしょうに」

「そこよ」金四郎が腿を叩いた。

「なんと、あの鳥居甲斐守が寝返ったのだ」

「えっ」

登一郎の目が大きく見開いた。

清兵衛も目と口を大きく開ける。

「それは、妖怪が老中水野を裏切ったということか」

「そのとおり」金四郎が頷く。

「一昨日、わたしも不思議に思って、城中で事情通に尋ねたのだ。したら、鳥居めが水野様のために作っていた領地の台帳を、密かに土井様に渡したというではないか」

「なんとっ」登一郎は声を上げる。

「鳥居の妖怪めは、名に忠の字をもらうほど水野様に阿《おもね》っていたというのに、か」

「そうだ。いや、わたしも開いた口が塞がらなかったわ」

金四郎が大きく口を開け、息を吐いた。

「へえぇ」と清兵衛も口を開く。

「いったい、どういう風の吹き回しなんだ」

「うむ」金四郎が天井を見上げる。

「ずっと形勢を見ていたのだろう。そして、水野様が不利、と読んだに違いない。土井様はそれなりの力を持っているし、なによりも反対勢を作り上げた。この先は、水野様よりも土井様が有利になる、と踏んだのだろう」

はぁ、と清兵衛が息を吐いた。

「城中というのは、そんな所なのか」

登一郎は眉を寄せる。

「そういう所だ。しかし、ここまであからさまなことは、普通はせん」

「おう」金四郎も顔を歪めた。

「さすがの城内でも、これを知った者は驚いている。鳥居のこれまでの振る舞いには、皆、内心呆れていたが、まさかここまで、とな」

「うむ、わたしも今、呆れてます。しかし……」登一郎は歪んだ笑いを浮かべた。

「呆れかえって、おかしくなってくる」

その笑いに、金四郎もつられた。

「そうだろう、いや、わたしもだ」

金四郎は太腿をぱんぱんと叩きながら、笑いを噴き出した。

「とても、人のすることとは思えん。まさに妖怪の所業よ」

顔を歪めて笑う。

「ううむ」登一郎は城の方角に顔を向けた。

「水野忠邦は狼狽《うろた》えていることであろうな。これまで従順であった鳥居耀蔵が、よもや裏切るなどと思っていなかったに違いない」

ふうむ、と清兵衛は杯を口に運ぶ。

「この先はどうなるのだ」

「うむ」金四郎も酒を流し込んで、顔を上げた。

「おそらく土井様は連名で上申書を作り、上様にお出しするだろうな。そして、水野様にも談判するはずだ。皆で揃ってな」

「ふうむ」登一郎も酒を注ぐ。

「大名や旗本がずらりと並んでは、多勢に無勢、さすがの水野忠邦も抗することはできなかろうな」

「おそらく」金四郎は頷く。

「まもなく九月も終わりだ。次の閏九月には、なんらかの動きが出るだろう」

金四郎はふうっと大きな息を吐いた。

「しかしそうなると」登一郎は眉を寄せた。

「鳥居耀蔵は今後、土井様の権勢に便乗するのであろうな」

「うむ」金四郎の面持ちが歪む。

「そこが口惜しいところだ。どこまでもしたたかなやつめ」

金四郎は杯を置くと、手を叩いた。

「誰かあるか。膳を頼む」

はい、と廊下から声が上がり、足音が響く。

「今日は、よい穴子《あなご》があるのだ」

金四郎の面持ちが弛む。

廊下から、膳のよい香りが流れ込んで来ていた。


翌、閏九月七日。

「先生、いますか」

登一郎の家の戸が開き、新吉が飛び込んで来た。

おう、と顔を向けると、新吉が上がり框に膝をついて手を振った。

「上知令が撤回、撤回されましたよ」

「なんと」登一郎は慌てて寄って行く。

「真か」

「ええ、今、知り合いのお役人に聞いたんです。取りやめになったそうですよ。老中首座の敗北ってことですか。お城では反対が大きかったんですよね」

「うむ」登一郎は腰を下ろした。

「反対勢に負けた、ということだな」

「それじゃ、この先はどうなるんで」

「ううむ、反対勢を率いていた土井様がどう出るか、だな」

「水野忠邦はまだ居座るんですか」

「そこまでは読めぬな。ただの老中ならばまだしも、老中首座ともなれば、そう簡単には……」

腕を組む登一郎を新吉は覗き込んだ。

「土井様ってのはどういうお人なんです」

「ふむ、土井大炊頭利位……まあ、こたびのことからもわかるが、向こうっ気の強いお方だな。ここで手打ちにするかどうか……」

「へえ」新吉は身を起こした。

「そいじゃ、まだ先がありそうってこってすね」

にっと笑うと、

「面白くなってきやがったぜ」

とつぶやき、身を翻した。

「じゃ」と外へと飛び出して行く。

遠ざかって行く足音を聞きながら、登一郎はふうむ、と唸りながら、城の方角に目をやった。


閏九月十一日。

登一郎は呉服橋御門《ごふくばしごもん》の前に立っていた。

橋を渡ればその先は大名屋敷が建ち並ぶ大名小路だ。さらにその先の内濠《うちぼり》を渡れば城がある。

上知令の撤回を聞いて以降、城の辺りを歩くのが日課になっていた。

これで落ち着くとは思えん……。そう考えながら、少し先にある常盤橋御門《ときわばしごもん》へと歩き出した。

と、その御門から人が出て来て、急ぎ足で橋を渡る姿が見えた。二人の武士が橋を渡った。どこかの家臣らしい。

小走りの二人に近づくと、そっと後ろについた。

「菓子となれば、千寿屋《せんじゆや》だな」

「うむ、祝いの菓子だ、一番の物を作らせねば」

交わされる言葉に、登一郎は耳をそばだてていた。

祝い、とは、誰にだ……。胸中でつぶやきながら、後ろを歩く。

すると、背後からもっと足早の足音が聞こえてきた。

「急ぐぞ、引けを取ってはならぬ」

「はい」

やはり二人組が、先を行く二人を追い抜いて行く。

やや、と抜かれた二人が走り出す。

抜きつ抜かれつしながら、男達は日本橋の道へと入って行く。

「阿部様だと、前に注文した菓子と同じでよいのだろうな」

「うむ、殿はそう仰せだそうだ」

「よし、では大名にふさわしい特上の箱で、失礼のないようにせねばな」

「さよう、殿のご出世がかかっているのだ」

交わされる言葉を聞きながら、登一郎は阿部様、とつぶやいた。

抜かされた二人組がまた追い抜き、千寿屋へと駆け込んで行く。

町人は菓子は贅沢品として制限されたが、武士にはその法令は及んでいない。ましてや徳川家や大名家御用達の菓子屋は、以前と変わらずに高級菓子を作っていた。

店の前で立ち止まると、登一郎は考えを巡らせた。大名の阿部といえば、阿部伊勢《いせの》守正弘《かみまさひろ》のことであろうな……もしや、老中就任ということか……。

店には、ほかにも先客がいた。

登一郎は店内に入っていく。

客と手代とのやりとりが聞こえてくる。

「はい、承知しております、御老中就任のお祝いでございますね。すぐにご用意いたしますんで」

手代は手もみをしながら、腰を折っている。

やはり、そうか……。登一郎は踵を返して店を出た。

御門へと戻りながら、胸中で考え続ける。

老中は四人から五人と決まっている。今は五人の体制で、老中首座水野忠邦の下に四人の老中がいた。

登一郎は濠の手前で足を止めた。

新しい老中が決まった、ということは……。そう喉元でつぶやきながら、登一郎は石垣の向こうに見える本丸御殿の屋根を見つめた。

四

閏九月十三日。

昼前の湯屋で、登一郎は湯船に身体を沈めた。

ほうっと、思わず息が漏れる。

手足を伸ばしながら、聞こえてくる声に耳を向けた。

男達が他愛もないことをしゃべっている。

皆、暇を持て余しているのだな……。登一郎はまだ若い男らを横目で見た。

以前は、昼の頃の湯屋は空いていたものだった。男達は朝、ひとっ風呂浴びて仕事に行くのが常だ。そしてまた、夕刻、湯を浴びるのが江戸の暮らしの常だった。しかし、奢侈禁止令で多くの仕事が奪われ、職をなくした男達が昼から湯屋に来ることが増えていた。

すぐ近くから声が洩れてくる。

「あったくよぉ、暇があるってのに遊びにゃ行けねえってのは、どうしようもねえな」

「おう、そりゃ暇があるのは職がねえからさ、職がありゃあ今度は暇がなくなるってもんさ」

「そうそう、両方あるなんてのは、大店の隠居か大身《たいしん》の侍くれえだろうよ」

ははっ、と冷えた笑いが起きる。

「おうい」

そこに男の大声が響いた。

今し方、外からやって来たらしく、どこも濡れていない。

「てえへえんだ、老中首座がお役御免になったぞ」

えっ、と皆の声が上がる。

「そりゃ、ほんとかい」

「水野忠邦がかよ」

「おうさ」入ってきた男が湯船に近寄って来る。

「罷免《ひめん》だよ、罷免」

登一郎も思わず腰を浮かせていた。

「へえぇっ」男らが湯船から立ち上がる。

「こりゃ、いいや」

「おう、ざまあみやがれってんだ」

「じっとしてらんねえな、祝杯でも挙げに行くか」

「おう、そりゃ名案だ」

男らがぞろぞろと、脱衣所に続く柘榴口《ざくろぐち》から出て行く。

登一郎は腰を戻して、深く息を吸い込んだ。

やはりか……阿部様の老中就任はそのための布石《ふせき》だったのだな……。そう思うと、思わず下腹に力が入った。水野忠邦の権勢を笠に着て、力を振るってきた鳥居耀蔵やら跡部大膳やらの顔が浮かんでくる。

これで少しは世が変わるか……。そう思うと、登一郎は勢いよく、湯船から立ち上がった。


昼餉《ひるげ》をすませて茶を飲んでいると、外で足音が鳴った。

「先生」

新吉が戸を開ける。

おう、と登一郎は戸口に歩み寄りながら、

「水野の罷免であろう」

と、口元を上げた。

「あ、知ってましたか」

「うむ、湯屋で聞いた。町の者は耳が早いな」

「ええ」新吉はにやりと笑う。

「で、あたしも聞きつけて、今、お城の御門に行って来たんでさ。門番に知り合いがいるもんで」

「なるほど。そんな所にも繋ぎがあるのか」

「ま、これですけどね」新吉は指を丸くして銭を表す。

「それで聞いたんですけど、今日の暮れ六つ（午後六時）までに屋敷を引き払えって命《めい》が下されたそうですよ」

「今日の……ほう、それは厳しいな」

登一郎は水野忠邦の屋敷を思い浮かべた。

老中の役宅は、城の直下である西の丸下に与えられる。水野忠邦も、老中に任じられたときに、そこに屋敷を与えられていた。

「ふうむ」登一郎は腕を組む。

「水野家の屋敷は確か芝であったな。では、さっそく家移りを始めているのだろうな」

「ええ、そこです」新吉は立ったままの登一郎を見上げる。

「あたしもそう思って、覗きに行ったんですよ、桜田御門《さくらだごもん》に。したら、町の者らが、ぞくぞくと入って行くじゃありませんか」

えっ、と登一郎は声を呑み込んだ。

水野忠邦の屋敷は桜田御門から入ってすぐの所にある。桜田御門の外は武家屋敷が並んではいるが、誰でも通れる道だ。

「しかし、門番がいるであろう」

「ええ、けど、門番が押しとどめるより、町のもんらの勢いが強くて……それにみんな、いきり立って、手に石なんぞを持っていましたから」

「石……」

目を見開く登一郎に、新吉はにやりと笑った。

「こいつは面白くなりそうだと、今、文七さんに声をかけて、久松も呼びに行くとこなんです。で、先生にも知らせようと、寄ったわけで」

新吉はそう言うと、「じゃ」と飛び出して行った。

むう、と唸ると、登一郎は身支度を調え始めた。

桜田御門へと続く道を登一郎は早足で進んだ。

その横を、男らが駆け足で追い抜いて行く。

その手には、石が握られていた。袂《たもと》を重そうに揺らしている者もいる。石を詰め込んでいるのだろう。

駆けて行く男達は口々に声を上げていた。

「やろう、見てろってんだ」

「やっときやがったか、このときが」

「てやんでえ、おれらを甘く見んじゃねえぞ」

「おうよ、思い知れってんだ」

さして意味もない言葉でありながら、力がこもっている。

桜田御門が見えて来た。

男達が走り込んでいる。

登一郎もその流れに加わった。

門番の姿は見えない。すでに恐れをなして、どこかに身を隠しているらしい。

「ええい、止まれ」

声が上がり、長い棒も振り上げられる。

「戻れっ」

「入るでない」

登一郎はそう叫ぶ男達を横目で見た。

襷掛けの男らの中には、十手《じって》を振り上げている者も多い。

町奉行所の役人だな……。思いつつ、登一郎はその前を通り過ぎた。

御門を入ってすぐの所に別の屋敷があり、その隣が水野忠邦の屋敷だ。

その周りはすでに町の男らに囲まれていた。

「てやんでえっ」

「べらぼうめっ」

「思い知れっ」

「くそじじいっ」

口々に罵《のの》り声を飛ばしながら、男らは屋敷に石を投げ込んでいる。

「ええい、やめよっ」

役人が怒鳴る。が、その声は怒号にかき消されていく。

おや、と登一郎は少し離れた所に目を向けた。

馬に跨がる姿がある。頭上には陣笠を乗せ、手には采配《さいはい》を持っている。が、その口は固く閉じられ、顔は強ばっている。

北町奉行の阿部正蔵殿だな、そうか、今月は北町が月番か……。口中でつぶやいて、登一郎は目を逸らした。

御門から入って来る男らに、登一郎は押されてよろけた。

「おっと」

と、その腕を背後からつかまれた。振り向くと、そこにいたのは文七だった。

「おう、来ていたか」

登一郎の言葉に、文七はにっと笑うと、腕をつかんだまま後ろに退いて行く。

「ここにいちゃ、危ない。離れて見ましょう」

隣の屋敷塀に背中をつけると、文七は腕を離した。

「そら、ここからのほうが、ようすがよく見える」

「ほう、そうだな」

登一郎も塀に背中を預けて顔を巡らせた。

男達に帰る者はいない。そして、入って来る者は途切れない。人々が膨れ上がっていく。皆、顔を紅潮させて、大声を上げている。

屋敷の中からは、物音が聞こえてくる。投げられた石が、なにかに当たっているのだろう。屋根にぶつかる音も混じってくる。

「しかし」登一郎はつぶやいた。「このようなことになるとは……」

「いやぁ」文七は口を歪めて笑う。「おかしくありませんや。一揆《いっき》ってえのは、見たことありませんが、こんなふうなんでしょう」

「なるほど」

登一郎は腕を組む。

「おおい」入って来た男が、人をかき分けた。「いい物を持ってきたぞ」

後ろにいた男が、大きな麻袋《あさぶくろ》を逆さまにした。中から、割れた瓦《かわら》が音を立ててこぼれ落ちた。

「おう、こいつはいいや」「おれにもくれ」

男達が次々に手を伸ばす。

瓦の破片を拾い上げた男は、勢いよくそれを投げ込んだ。

中から立つ物音に、男らは歓声を上げて、続く。

たくさんの石を両腕に抱えて入って来る男もいる。

これは、と登一郎は水野家の門を見つめた。固く閉ざされたままだ。

とても、引き払うなどできまいな……。

登一郎はその目を大きく動かした。

内濠の向こうの石垣の上には、武士の姿が見える。並んで騒ぎを見下ろしており、動こうとする気配はない。

目を御門のほうへと移した登一郎は、おっとつぶやいて塀を離れた。

入って来たのは虎と鼠、そして熊だ。

「おい」とそちらに寄って行く。

「鼠」と登一郎は手を伸ばした。

「あっ」と三人が立ち止まる。

「旦那も来てたんですかい」

「うむ、ちと、ようすを見にな」

頷きながら、三人の手には石が握られているのを見て、登一郎は苦笑した。

この者らが加わらないはずはないか……。思いながら、目を動かした。

「おや、狸はどうした」

「ああ」と虎が首を縮める。

「そこまで一緒だったんだけど、はぐれちまったみてえで」

「ま、いいってことよ」熊が歩き出す。

「そのうち、みんなばらばらにならあ」

そう言って、人混みをかき分けていく。

「だな」

鼠も続き、虎が振り返った。

「そんじゃ、旦那、お気をつけなすって」

そう言って群衆に混じっていった。

塀に戻ると、文七が見つめていた。

「知り合いですかい」

「うむ、ちっとな」

登一郎は御門を見た。人がどんどんと流れ込んで来る。

「出られなくなりそうだ、わたしは戻ることにする。文七さんは、このまま残るのか」

「ええ、あたしは文を書かなきゃならないんで、最後まで見届けます。新吉さんと久松もどこかにいるでしょうし」

にっと笑う文七から、登一郎は「ではな」と離れた。

なだれ込んでくる人の流れに、登一郎は背を向けた。

ほかの御門から出るとしよう……。騒動を背中で聞きながら、登一郎は大名小路を歩き出した。

五

十月。

清兵衛の家に上がり込んだ登一郎は、箱膳を挟んで向き合っていた。

持参した酒に、肴は買ってきた精進揚《しょうじんあ》げだ。

「新吉さんが家を直し始めたな。読売で儲かったとみえる」

清兵衛の言葉に登一郎が頷く。

「うむ、わたしも見張りをやったが、よく売れた」

水野家襲撃の読売は、翌日にでき上がって売られた。

「ほう、あれだけ町の者が集まったのだから、噂のほうが広まるのは速かったであろうに」

「わたしもそう思ったのだが、なんの、江戸勤番の藩士らがこぞって買っていったわ」

「ああ、なるほどな。ではあの騒動が、広く伝わることになるな」

「どのみち、尾ひれがついて広まっていくのだ。読売で真のようすが知れたほうがよい」

「それもそうか」清兵衛が笑う。

「で、どうなのだ、新しい老中首座は。政は変わりそうなのか」

「いや、せっかく水野忠邦を追い落として首座になったというのに、土井大炊頭はこれまでの施策を踏襲する、と言っているそうだ」

首を振る登一郎に、「なんだ」と清兵衛は顔をしかめた。

「しょせんは政は二の次、ただの権勢を巡る闘争であったわけか」

「そういうことだな」

登一郎も顔を歪めると、酒を流し込んだ。

「そういえば」清兵衛は茄子の精進揚げを箸でつまみ上げる。

「北町奉行も変わったのだろう」

「うむ、この朔日《ついたち》で阿部殿はお役御免になった。水野家襲撃を止められなかった責めを負わされたのだろう」

「へえ、あの群衆をどうにかできる者なんぞおるまいよ。不運だったな」

清兵衛は精進揚げを飲み込みながら、肩をすくめる。

「そうだな、運、不運となると、己ではいかんともしがたい。年を取るとつくづく思うわ」

「うむ、よい運も不運も、来る前にはわからんからな。身に起きてやっとわかる。そして、不運に困惑する。しかし、不運のあとこそが己の力の見せどころだ」

腕を振り上げる清兵衛に、登一郎は「なるほど」と唸る。

「折れて膝をつくか、そこから前を向くか、という違いだな」

「さよう、そこで次の運が決まるのだ」

「ふむ、さすが易占師《えきせんし》だ」

清兵衛は易占の台を出すこともある。

ふふん、と清兵衛は鼻をふくらませるが、すぐにそれを戻した。

「して、水野忠邦はどうなるのだ」

「ああ、差控《さしひかえ》を命じられたそうだ」

「差控というのはあれだろう、表門は閉ざさなければならないが、脇の潜《くぐ》り戸《ど》からは出入りしてもかまわないのだろう」

「うむ、登城はできないが、出歩くことはできる」

「ふうむ、なんとも軽い罰だな」

「ああ、わたしももう少し重い罰が下されると思うていた。ま、老中首座まで務めた者ゆえ、御公儀の体面を重んじたということだろうな」

ふっと息を吐くと、登一郎は南瓜《かぼちゃ》の精進揚げを口に放り込んだ。清兵衛もかき揚げをつまみ上げながら、首を振った。

「ふんっ、すっきりしないことだ。おまけにあれだろう、鳥居耀蔵は土井大炊頭に取り入ったゆえ、さらに力を握ったということだろう」

「そういうことだな」

登一郎は口元を歪めて笑う。

あぁあ、と言いながら清兵衛がかき揚げを囓る。

「まだこんな世が続くということか、やってられん」

「まったくだ」登一郎はぐい呑みを持ち上げる。

「ま、飲もう」

「おう、そうさな」

清兵衛もにっと笑って、ぐい呑みを掲げた。


十一月。

登一郎は湯島の切通町の辻を曲がった。

小峰家の母娘が住む家へと向かうと、軒先に下げられた木札が見えて来た。

手習所、と書かれている。

おう、始めたのだな、と登一郎は足を速めた。

近づくと、ちょうど子らが家から出て来た。十人ほどの女児だ。

そのあとを追うようにして、松が戸口に現れた。

「お昼をすませたら、九つ（昼十二時）までに戻るのですよ」

その声に、子らは「はあい」と振り向いて、駆け出して行く。

登一郎は近寄って、

「中食《ちゆうじき》ですな」

と、声をかけた。

「あら」と松は目を見開いた。

「これは真木様……ええ、お昼は家に帰らせるのです」

「子らが集まったとは、よいことだ」

「はい」松は小声になる。

「実は、参道の町に義賊が現れたそうなのです」

「ほう、義賊」

「ええ、朝、戸口にお金が置いてあったそうです。貧しくて子供の多い家ばかりだったそうで、これは義賊だ、と騒ぎになったそうです」

「そうか」

登一郎は虎や狸ら、四人の顔を思い浮かべた。

松は微笑む。

「そのお金で、支度ができたと言って、親御さんが娘らを連れて来たんですよ。主に、母御でしたけど」

松はくすくすと笑い出す。

「ほう、母御のほうが養育に熱心なのだな」

　登一郎の言葉に松は首を振る。

「いえ、お金を置いておくと亭主が使っちまうから、と言っていました。手習所はお正月からと思っていたんですが、それを聞いて早くに開いたのです。お正月には、もっと来る子が増えると思いますけど」

　手習所は一月から通い始める子が多い。

「そうか」登一郎は笑う。

「いや、それはなにより。安心した」

　そう言うと、登一郎は「では」と歩き出した。

　見送る松に頷いて、湯島天神への坂道を上って行く。

　参道の町に入ると、裏道への辻を曲がった。

　義賊の隠れ家か、と独りごちながら、登一郎は戸口で声をかけた。

「ごめん、わたしだ、ただの隠居だ」

　中から足音が鳴り、すぐに戸が開いた。

　顔を出したのは狸だった。

「こりゃ、どうも、いつぞやはごちになりやした」

「おう、いたか」

寄って行くと、狸のほうも手招きをした。

「ちょうどよかった、旦那、ちょいとつきあってくれませんかね」

「つきあう、とは、どこにだ」

「近くでさ」

そう言って中に戻ると、狸は風呂敷包みを持ってすぐに戻って来た。

「さ、行きやしょう」

さっさと歩き出す。

坂道を下りながら、登一郎は狸にささやいた。

「この町に義賊が出たと聞いたぞ」

へっ、と狸は口元で笑い、足を速める。

坂を下りて上野広小路に出ると、狸は建ち並ぶ店を顎で示した。

「あっちに行きやす」

上野の山は物見客が多く、遠国からやって来る者も少なくない。ために、茶屋や土産物を扱う店が目につく。そして古道具屋も多い。土産に買う客もいるし、江戸の者にも人気だ。

よし、と狸は登一郎を振り返った。

「ここに入りやす」

間口の狭い古道具屋に入って行く狸のあとに、登一郎も続いた。

店の中を見回して、狸は壁に掛けられた版画を指で差した。

「旦那、広重《ひろしげ》ですぜ。この店にゃ目利きがいるってこってす」

聞こえよがしの声に、帳場台に座った主が顔を上げる。

「いらっしゃいまし。なにかお探しで」

にこやかな主に、狸が寄って行く。登一郎も左右を見渡しながら、続いた。

「いやぁ」狸は笑顔を作って、抱えた風呂敷包みを置いた。

「こいつを見てほしいんでさ。ね、旦那」

振り向く狸に、登一郎はえっと、目を丸くした。

「ほう」と主は登一郎を見上げ、その身なりを確かめて頷く。

「では、拝見しましょう」

帳場台から、主が膝で進み出て来る。

狸はすでに風呂敷包みを開いていた。

中から現れたのは、小さな香合《こうごう》と短刀、根付けと印籠《いんろう》だった。狸はそれを風呂敷の上に並べる。

どういうことだ、と覗き込んで、登一郎はあっと声を上げそうになった。

黒漆の印籠には金蒔絵《きんまきえ》で逆沢瀉の家紋が記されている。逆沢瀉の家紋は水野家のものだ。

これは、と息を呑み込んで登一郎は狸を見た。狸はちらりと目を向けると、小さく笑った。

「ほほう」と、主は一つひとつ手に取っていく。

狸は首を伸ばす。

「いくらになりやすかね」

主は上目で登一郎を窺った。

「お売りになられる、ということでよろしいんですね」

や、と戸惑う登一郎の前に、狸は身体をずらして立った。

「さいで」狸が胸を張る。

「なので、あたしがいい店を探し出したってわけでさ」

言いながら、登一郎を振り向く。

「ね、旦那」

そういうことか、と登一郎は黙った。

主は帳場台に戻ると、算盤《そろばん》をはじき出した。

それをそっと差し出すと、

「いかがです、これで」

と登一郎と狸を見た。

「ああ、いいです、ね、旦那」

眼をくるりと動かしながらこちらを見る狸に、登一郎は「ああ」と頷いた。

もう、あとには引けまい……。腹の底で、つぶやく。

「では」と主は金を数えて、風呂敷の上に並べた。

「お確かめを」

「へい」狸は金をすくい取ると、すぐに巾着にしまい込んだ。

「そいじゃ」

狸は登一郎の背に手を当てて外へと出る。

道に出た登一郎は、ふっと息を吐いて狸を見た。

「こういう魂胆《こんたん》であったか」

へへっと狸は肩をすくめる。

「ま、ご勘弁を。他の店に持っていったんだけど、盗んだ物じゃないかと疑われちまって……いや、そうなんだけどさ」

いひひ、と笑う。

「なるほど、で、侍が必要だった、ということか」

「さいでさ。御武家が持ち物を売るんなら、あっちも文句のつけようがありやせんからね」

「しかし」登一郎は店を振り返った。

「あの家紋、水野家と同じだったが、もしや、そなた……」

覗き込む登一郎から顔を反らして、狸は口元で笑う。

「へい、忍び込みました。あの騒動に紛れて、ひょいと塀からね。屋敷の中は大慌てで、気づかれずにすみやしたぜ」

ふっと、登一郎は笑う。そういえば、軽業師だったと言っていたな……。

「ふうむ、それが町に配られたわけか」

「さいで」狸は笑う。

「引き出しには銭もたんまりあったんで、いい稼ぎになりやした」

狸はとん、と前に飛ぶと、登一郎に向き直った。

「おかげさんで助かりやした。これで正月前に餅代が配れるってもんだ」
そう言うと、ぺこりと頭を下げて、踵を返した。
その足で、広小路を駆け出して行く。
その背中を見送りながら、登一郎はつぶやく。したたかなものだ……。
その胸の奥で、手習所から出て来た子供らを思い出していた。
まあ、よいか、盗られたほうは、痛くもかゆくもあるまい……。
一人、苦笑すると、登一郎は空を見上げた。
師走間近の冬空は、高く澄みきっている。
それに目を細めて、登一郎はゆっくりと広小路を歩き始めた。

第四章　企《たくら》み返し

一

年明けて天保十五年（一八四四）。

三月の節句も過ぎて、風はすっかり暖かくなっていた。

両国の町で買った煎餅を懐に入れて、登一郎は橋詰めに足を向けた。

ここの広小路は、いつでも人で賑わっている。

見世物芸人らにはさすがに公儀の手も及ばず、以前のまま、さまざまな芸で人を集めている。

おや、増えたか、と登一郎は見回してつぶやいた。

寄席が潰されて仕事場をなくした芸人らが、大道芸へと流れ込んできていた。

軽妙なしゃべりを披露しながら、皿回しを見せている芸人の前で、登一郎は足を止めた。

「さあさあ、この皿を落としたら一巻の終わり。こいつは有田焼《ありたやき》の上物《じょうもの》だ。これが割れちまったら、泣くに泣けない……そうら」

皿を上に放り投げる。

くるくると回って落ちてくる皿を、つかみ損ねた。

人々が「ああっ」と声を上げる。

芸人はすっと腰を落とすと、地面すれすれでそれをつかんだ。

ほおっと、皆の声が漏れる。

首を伸ばしていた登一郎も息を吐いた。

そこに、後ろから声が上がった。

「盗人だぁ」

隣の人の輪が崩れていた。

まさか、と登一郎は顔を向けた。

輪から飛び出した若い男が走って行く。

見知らぬ顔に、登一郎はほっと力を抜いた。

走る男を年嵩《としかさ》の町人が追って行く。

「そ、そいつ、捕まえてくれぇ」

年嵩の男はもたつきながらも走る。

よし、と登一郎は走り出した。

若い男は振り向いてこちらを見た。手には巾着を握りしめている。

「待て」

登一郎は年嵩の男を抜いた。

ちっ、と向き直って盗人は走る。

と、その前に、鉢巻きを巻いた男が両腕を広げて立ち塞がった。

「どきゃあがれっ」

盗人が怒鳴る。

「どいてたまるか」

鉢巻き男は怒鳴り返すと、男に向かって地面を蹴った。

足を回すと、盗人に蹴りを向けた。

盗人は、飛び跳ねてそれを躱《かわ》す。

「か、返してくれ」年嵩の男は走りながら手を振る。

「そ、そいつは仕入れの金なんだ」

盗人は、へんと顔を背け、巾着を懐に入れた。と、そこから匕首《あいくち》を取り出した。

「おれはなぁ、義賊なんだぞ」

盗人は匕首を振りかざす。

周りに人が集まってくる。

「義賊だってよ」

「へえ、あいつがそうだったのかい」

「ほんとかよ」

口ぐちに言い合う。

「うるせえっ」

盗人は匕首を振り回す。刃が人の顔の前を掠《かす》った。

「よせっ」

登一郎は刀を抜いた。

「使えもしない物を振り回すな、怪我人が出るぞ」

刀を構えてにじり寄っていく。

盗人はくっと、喉を鳴らすと、匕首を両手で構えた。

「つ、使えるわ、なめんじゃねえ」

しかし、その腰は引けている。

巾着を盗られた男が追いついた。

「返せ」

腕を伸ばして寄って行く。

盗人はそちらに匕首を振り向けた。

「るせえ、寄るんじゃねえ」

腕を振り上げた盗人に、登一郎も足を踏み出した。

「やめろっ」

刀を回し、峰を脇腹に打ち込む。

男の身体が止まり、手から匕首が落ちた。

鉢巻き男が飛び出すと、落ちた匕首を蹴り飛ばした。

盗人が身体を折る。

盗まれた男はそこに飛び込むと、懐に手を入れた。

中をかき回し、「あった」と巾着を取り出す。

登一郎は刀を納めながら、盗人を見た。

「そなた、初めてか」

盗人は脇腹を押さえながら顔を上げる。

「るせえ、てめえらが邪魔しなきゃ……」

鉢巻き男も睨みつける。

「てやんでえ」鉢巻き男は胸を張った。

「義を見てせざるは勇なきなりってんだ」

登一郎は盗人の肩をつかんだ。

「義賊は町人を襲ったりはせんぞ」

くっと、盗人は唇を嚙む。

「なぁんだ」周りから声が起こった。

「やっぱ、義賊は噓か」

「ああ、仕入れの金をとるなんざ、義賊のやるこっちゃねえや」

ばらばらと散って行く。

登一郎は盗人の耳に小声で言った。

「そなたの腕では無理だ。やめておけ」

男は地面を蹴った。

「ちくしょうめ」

そう吐き捨てると、踵を返して走り出す。

「ありがとうござんした」

巾着を握りしめた男が、登一郎と鉢巻き男に深々と腰を折る。

「いいってことよ」

鉢巻き男は、背を向けて歩き出す。

「気をつけるのだぞ」

登一郎も足を回して踏み出した。

広小路は、すでにもとどおりの賑やかさを取り戻していた。


四月。

湯屋を出た登一郎が夕刻の道を歩き出すと、すっと女が近寄って来た。

「旦那、遊びませんか」

白粉《おしろい》の匂いが鼻腔《びくう》をくすぐる。

夜鷹《よたか》か、と女を見た。年の頃は二十歳そこそこに見える。

最近、増えたな……。そう思いつつ、登一郎は小さく笑って見せた。

「いや、わたしはもう枯れた身でな」

歩き出すと、女がついて来る。

「そんなことないでしょ、ねえ」

肩を揺らしながら、前に回って顔を見上げてくる。

登一郎は顔を巡らせると、屋台を指さした。

「遊ぶことはできぬが、蕎麦《そば》でも食べるか」

へ、と目を丸くする女に、笑顔を向けた。

「蕎麦だ、しっぽくでもなんでも頼んでよいぞ」

女は屋台を見ると、寄せていた身体を離した。

「いいね、そいじゃ、ごちになりますよ」

うむ、と屋台へ向かう。

湯気の立つ屋台で、

「しっぽくを二つ頼む」

と、声をかけて傍らに置かれた長床几《ながしょうぎ》に腰を下ろした。

女は立ったまま、もじもじとしている。

「どうした、座るがよい」

登一郎が床几を叩くと、

「いいんですか」

女はおずおずと腰を下ろした。

「へい、お待ち」

かまぼこや麩《ふ》など具のたくさん載ったしっぽく蕎麦が、床几に置かれた。蕎麦つゆの香ばしい香りが立ち上ってくる。

「さ、食べるがよい」

登一郎は丼を手に、湯気をふうと吹いた。

女は黙って頷くと、丼を手にした。

ずずっと、二人の啜る音が重なり合う。

「うむ、旨い」

登一郎のつぶやきに、女は黙ったまま頷く。

「そなた」登一郎は横目を向けた。

「品川《しながわ》から来たのか」

品川の宿場には多くの旅籠《はたご》がある。そこには飯盛《めしも》り女と呼ばれる女達がおり、膳の給仕をしている。が、実際は身を売るのが仕事で、遊女として買われてきた女達だ。

公儀は一軒につき二人までの飯盛り女を許していたが、その実、どこの宿でもそれ以上の女を置いていた。

この年の一月。その品川で手入れがあった。

飯盛り女が増えすぎたということで、公儀の取り締まりが行われたのだ。

蕎麦を呑み込んだ女が口を開いた。

「そう、捕まりそうになったから、どさくさに紛れて逃げて来たんだ」

「ふむ、それは大変だったな。しかし、逃げられたのは運がよい」

「運がいい、ねえ……」女が小さく噴き出した。

「そんなもの、いっぺんも味わったことないけどね」

「そうなのか」

「そうさ」女は顔を歪めて笑う。

「あたしはもとは根津の店にいたんですよ。けど、店払いにあって品川に売られちまったんだ。品川にはあっちこっちから売られてきた娘がいっぱいでしたよ」

「ふむ、その噂、聞いてはいたが」

「噂はほんと。手入れで捕まった娘は吉原《よしわら》に移されたってぇ話ですよ。ただで回されるんだから、吉原は丸儲けってことさ」

女はずっと音を立てて、蕎麦つゆを飲む。

登一郎も黙ってつゆを飲んだ。

「まあ」言葉を探す。

「江戸に戻って来られたのはよかったな」

ふん、と女は首を縮めた。

「ほかに行くとこないからね。これっかできることもないし」

空になった丼を置く。

「それに」と顔を巡らせる。

「ここにいりゃ、また根津に戻れるかもしれない」

「根津に」

登一郎は眉を寄せる。岡場所なんぞに戻りたいのか……いや、飯盛り女や夜鷹よりはよほどまし、ということか……。

「ごっそさま」

立ち上がった女を、登一郎は見上げた。

「そなた、名はなんという」

女は小首をかしげて笑った。

「そんなの聞いたって……ま、いいけど。お里《さと》、ですよ」

そう言うと、くるりと背を向けた。

「そんじゃ」

お里は小走りになると、振り向くことなく辻を曲がって行った。

二

五月十日。

布団の中で、登一郎はふと目を覚ました。

耳に音が聞こえている。なんだ、と目を向けた障子の外はまだ薄暗い。耳を澄ませて、あ、と上体を起こした。

響いている音は半鐘《はんしよう》だ。

火事か、と登一郎は布団から出て階段を下りた。

戸口を見ると、戸が開けっぱなしになっている。

そこに佐平が駆け込んで来た。

「あ、先生、起きましたか」佐平は土間に立って腕をおたおたと振る。

「火事、火事ですよ」

「む、近くか」

「いえ、お城です」

「なんだと」

登一郎は草履を突っかけて外へと飛び出した。

横丁を出て空を見ると、城の上空が明るくなっている。

すぐに家に戻ると、身支度を調え、

「見てくる」

と、登一郎は飛び出した。

表に出ると、男達が走っていた。

「火事だぞ」

「お城が火事だ」

そう声を張り上げながら、駆けて行く。

登一郎も走り、常盤橋御門の前に着いた。

本丸の北側が明るい。

大奥の辺りか……。登一郎は目を眇めた。

「どけどけぃっ」

後ろから、火消しの一行が駆けて来た。

家紋を記した提灯《ちょうちん》を掲げた大名火消しだ。

革の頭巾《ずきん》を被り、革の半纏《はんてん》を着た家臣らが、列をなして濠を渡って行く。

大名小路にも、火消しの一行が走っているのが見える。

広小路から濠端《ほりばた》へと移動して、登一郎は明るさを増していく城の上を見上げた。炎が揺れ、風が起きているのもわかる。

そのずっと上空も、少しずつ夜明けの空に色を変えつつあった。

町では、半鐘が鳴り響いている。

振り返ると、大きな町家の上に町火消しの姿があった。

纏《まとい》を持つ男、鳶口《とびぐち》を手にした男らが、屋根で火のようすを見つめている。火の粉を払う大団扇《おおうちわ》や火の粉を叩き消す火叩きを持っている男らもいる。

風向きの具合から、火の粉は飛んできていない。

広小路や道に、どんどんと人が集まって来る。男らに女や子供の姿も混じってきた。

「おっかないねえ」

「燃えてるのは本丸じゃねえか」

「こりゃ、すげえ勢いだな」

皆が高い石垣の上を見上げる。

火は北側から西へと、舐めるように広がっていく。

登一郎は目を眇めながら、喉元でつぶやいた。すでに中奥の辺りにも火が及んだな……。

中奥は大奥と表のあいだだ。

暖かい風が吹いてきた。

火災の熱風らしい。

「おい、火の粉が来たぞ」

屋根の上から声が上がる。

大団扇が煽がれ、火の粉が払われる。

屋根の端に落ちた火の粉は、すぐに走り寄った男の火叩きで、叩き消されていく。

近くの家にもはしごがかけられた。

別の火消しの一行がそれを上って行く。

「おう」

下にいる男が、はしごに向かって声をかける。

「町が燃えねえように頼むぜ」

屋根に上がった火消しは腕を振り上げた。

「おうさ、まかせとけ」

続々と屋根の上に火消しらが並び、燃えさかる火を凝視する。

屋根を見上げた女が、隣の女と肘を打ち合った。

「ちょいと、あの纏持ち、いい男だねえ」

「ほんと、いなせだね」

女達は言い合いながらも、後ろに下がっていく。

火の手は勢いを増していた。

登一郎はその広がりを目で追っていく。もう、本丸表にも及んだな……。

表はもっとも広く、部屋の数も多い。役所にもなっており、昼間は数多くの役人が、それぞれの詰め所で仕事をしている。

火の手は表の西側にまで伸びていった。

登一郎は本丸の長い廊下を思い出しながら、眉を寄せた。これはもう、本丸全焼、だな……。

炎は、渦巻くように燃えさかっていた。

数日後。

再び濠端に立って、登一郎は城の石垣を眺めた。

まだ、焼け焦げた匂いが風に乗って漂ってくる。

瓦礫《がれき》の山となっているであろう本丸を思い浮かべながら、登一郎はふっと息を吐いた。

上様は西の丸に移られたのだろうな、大奥の方々は二の丸かもしれぬな、どちらも狭かろうが……。

首を振って、濠沿いに歩き出す。

その背後から「先生」と声がかかった。

新吉が早足で追いつくと、横に並んだ。

「おう」と顔を向ける登一郎に、新吉は小声でささやいた。

「火元がわかりましたよ」

「ほう、どこだ。町は焼けなかったのだから、飛び火ではなかったのだろう」

「ええ、城内、平川御門《ひらかわごもん》の内側だったそうです」

平川御門は城の北東に位置する門だ。大奥の女人はこの門から出入りするのが常だ。

鬼門に位置し、病人や怪我人、死者などもここから出されるために、不浄門とも呼ばれている。

「なんと」

登一郎は眉を寄せ、そうか、と思う。平川御門は大奥に近い。だから、あちらから燃え広がったのか……。

思いを巡らせる登一郎を、新吉が覗き込む。

「御門の内って、見張り番の小屋かなにか、あるんですか」

「うむ、確かあったな」

「ふうん、じゃ、そこらが火元かもしれませんね。火が出たのは七つ（朝四時）過ぎ頃だったらしいです」

「七つ、か……夜明け前だな」

「ええ、人の少ないときですから、火消しも遅れたんでしょうね」

「うむ、まあ、あの火の勢いでは、逃げるだけでせいいっぱいであったろうな」

「そうでしょうね、あたしもすぐに駆けつけて見てましたけど、ありゃあ、手の打ちようがないってもんです」

「読売にするのか」

「いいえ」新吉は肩をすくめた。「焼けたのはお城だけだし、聞き回ったけど、格別に面白い話も出てこなかったし。出しても売れやしないでしょう」

そう苦笑すると、「じゃ」と新吉は身体を回し、町へと消えて行った。

面白い話、か……。登一郎は胸中でつぶやきながらまた歩き出す。

面白いどころか、本丸再建となれば、御公儀にとっては大難《だいなん》となろうな……いや、大難なのは、普請を手伝わされる大名らか……。

ふっと息を吐いて、登一郎は濠の向こうに建ち並ぶ、大名屋敷の長い塀と重なる大きな屋根を見つめた。

三

六月二十一日。

昼下がりの座敷で、登一郎は書見台に向かっていた。と、その顔を上げた。表から慌ただしい足音が近づいて来る。

「先生」戸を開けたのは新吉だ。

「えらいこって」

荒い息を吐いて上がり框に手をつく新吉に、登一郎はすぐに寄って行った。

「なんだ」

新吉は胸を叩きながら、城の方角に顎を持ち上げた。

「水野が、水野忠邦が、老中首座に返り咲いたってえ話で」

「なんだと」

登一郎の目と口が大きく開いた。口を動かすが、声が出てこない。

新吉は息を整えながら、頷く。

「ぶったまげでしょ、けど、ほんとなんです。今、お城の門番に確かめてきたんですから」

ぐっ、と登一郎は喉を鳴らした。

「よもやそのようなことが……」

ねえ、と新吉も首を振る。

「せっかく追い出したってえのに、なんだってまた、ちくしょう」

言いながら、新吉は身体を起こすと、

「そいじゃ、あたしは文七さんや久松さんにも知らせに行くんで」

くるりと身を回して、外に出て行った。

登一郎はその場に立ったまま、拳を握った。

なぜだ、と歯ぎしりをする。畳を踏みつけると、その踵を返した。

身支度を調えると、登一郎は「佐平」と台所を振り返った。

「出かけてくる」

そう言って、横丁を飛び出した。

どういうことだ、と口中でつぶやきながら、神田の町を抜けた。

八つ刻（午後二時）を知らせる時の鐘が響いてくる。

未《ひつじ》の刻か、と登一郎は足を緩めた。町では六つ、七つなどの数で時を言い合うが、城では十二支の呼び名を当てるため、武士はそちらを使うことが多い。

足運びをゆっくりと落として、愛宕下へと向かった。

重臣やさして忙しくない役目の者は、未の刻に下城することも珍しくない。

登一郎は遠山金四郎の顔を思い浮かべていた。大目付という閑職であれば、未の刻には城を出ているはずだ。

屋敷の手前の道で、登一郎は足を速めた。

道の先を、金四郎の一行が歩いている。

駆け出して一行に寄ると、

「遠山殿」

と、声をかけた。

「おお、これは真木殿」

金四郎は目顔で頷く。聞いたか、とその目は語っていた。

一行に続いて門を入ると、金四郎は「さあ」と玄関へと招いた。

「いや」と登一郎は足を止める。

「いきなりの来訪、すぐに帰ります」

では、と金四郎は庭へと歩き出した。

「こちらもゆっくりと、と言いたいところだが、今日はこのあと来客があるので、縁側でよろしいか」

「ええ、もちろん」

あとに続いた登一郎は、庭に面した廊下へと導かれた。

そこに腰を下ろした金四郎の隣に、登一郎も並んだ。

「水野様のことであろう」

金四郎の小声に、登一郎が頷く。

「真なのですか、老中首座に復帰とは」

「うむ、上様の鶴の一声で決まったのだ」

「上様の……では、老中首座であった土井様はどうなったのです」

「前の老中に戻られた」

「なにゆえに」

「ふむ」金四郎は眉を寄せて前を見た。

「お城が焼けて上様は苛立っておられたそうだ。すぐに再建せよ、と土井様に命じられて、土井様も動いた。普請のための資金を出すよう、大名方に布告した。しかし、それが一向に集まらなかったのだ」

息を吐いて、金四郎は首を振る。

「なんと」登一郎の眉も寄る。

「いや、確かに、いきなり大金を差し出せと言われても、どこも困惑することでしょうが……」

「おう、そういうことだ。数年前には飢饉《ききん》にも見舞われたし、どの国もさほどの余裕はなかろう。本丸の普請ともなれば、その額は膨大になるしな」

肩をすくめる金四郎に、登一郎も唸り声を漏らす。

「なるほど、それで上様が業《ごう》を煮やされた、と」

「うむ、日頃はなんでも重臣らにまかせきりだが、お城を失ってはじっとしてはおられまい」

「さすがの上様も御自ら立ち上がられた、ということですな……しかし、その策が……」

「おう、皆、驚いたわ。水野様ならできる、と上様は思われたのだろうが、いやいや、果たしてどうなるか」

金四郎は大きく首を振った。

登一郎は立ち上がると、金四郎に向き直った。

「よくわかりました。いきなり押しかけ、申し訳ないことでした」

頭を下げる登一郎に、金四郎は「なに」と手を上げた。

「いつでも参られよ、わたしもまた横丁に寄るからな」

笑顔になった金四郎に改めて礼をして、登一郎は庭を歩き出した。

振り向くと、廊下に立つ金四郎が、小さく頷いた。

横丁に戻ると、登一郎はそのまま清兵衛の家の前に立った。

「邪魔をしてよいか、遠山殿から話を聞いてきたのだ」

「おう、上がってくれ」招き入れた清兵衛が胡座をかく。

「水野忠邦の話か」

うむ、と登一郎は向かい合った。

金四郎に聞いて来たことを話すと、清兵衛は顔を歪めたり、呆れたりしながら、聞き入った。

「ふうむ、では、老中首座への復帰は公方様《くぼう》の命で決まったのか。そうなると、誰も逆らえぬものなのか」

「うむ、さすがに抗することはできなかったのだろう。上様が自ら命を下すことなど珍しいゆえ、よけいにな」

「ほう」清兵衛は苦笑する。

「公方様はなんでも家臣まかせ、という話だものな。言われたことにはすべて〈そうせい〉ですませてきたのだろう」

「うむ、ゆえに密かに〈そうせい様〉と呼ばれていたほどだ」

登一郎の言葉に、清兵衛はぷっと噴き出す。

「そりゃ、重臣はやりやすかったろうな」

ああ、と登一郎は眉を寄せて頷いた。

「それゆえに、奢侈禁止令などがまかり通ったのだ。なにが禁止されるかまでは、上様は知ろうともなさらなかったであろう」

「なるほどな」清兵衛は身体を揺らした。

「ずっと水野忠邦に政を委ねっぱなしだった、ということか。だから、水野ならうまくやるはず、と考えたと」

「おそらく。重臣のあいだで確執があったことなどもご存じあるまい」

「ふうん」

清兵衛は立ち上がると、台所へと行った。

手に酒徳利と茶碗を持って戻って来る。

「ま、一杯、やろう。そのようにくさくさする話、素面《しらふ》では聞けぬ」

差し出された茶碗を登一郎は受け取って苦笑した。

「茶碗とはまた、豪気《ごうき》だな」

「ああ、面倒だからな」

酒を注ぐ。

互いに、くい、と酒を流し込むと、ふうと息を吐いた。

「しかし」清兵衛は顔を歪めた。

「土井大炊頭はいい面《つら》の皮だな。せっかく政敵を追い出したのに、あっという間に首座の位を奪還《だっかん》されて……大丈夫なのか」

「うむ、この先、どうなるか、正直、見物《みもの》だと思うている。煮え湯を飲まされた水野忠邦が、裏切った者らを許すとは思えん」

「であろうな。鳥居耀蔵とて、同じであろう」

「ああ、鳥居の妖怪はあれほど阿っていたのだ。水野忠邦にしてみれば飼い犬に手を噛まれた、と思うているだろう。ただではすむまい」

登一郎は城の方角を見やった。

ふむ、と清兵衛は片目を細める。

「まさに、見物だな」

二人は目顔で頷き合って、酒を流し込んだ。

四

七月。

濠沿いの道を歩きながら、登一郎は本丸の高台を見上げていた。

微かに、鋸《のこぎり》や金槌《かなづち》などの響きが聞こえてくる。普請が始まっている音だ。

ふうむ、と登一郎は思う。とりあえずは御用金で普請を始めたが、金が集まらなくとも、本丸なしでは御政道は立ちいかぬ、ということだな……。

濠にかかる橋を、木材を積んだ荷車も渡って行く。役人がつき、差配の声を上げていた。

常よりも多くの役人が、城の内外を忙《せわ》しなく行き交う姿が見て取れた。

城に背を向けて、登一郎は町中へと足を向けた。

神田の道に戻ろうと歩いていると、横から、大声が上がった。

「止まれっ」

足音も響いてくる。

横の道から、男が飛び出した。

あっ、と登一郎は足を止める。

熊ではないか……。と、目でその姿を追った。

熊は足の向きを変えて、前へと走っていく。

そのあとに、武士が走り出た。

左右を見回し、熊の姿を見つける。

「待てっ、盗人っ」

声を上げながら、そのあとを走り出す。

「その男、捕まえてくれ」

武士が手を伸ばして、熊を指で差す。

皆、道の端に引きながら、走る熊と武士を見る。が、誰も動こうとはしない。

へん、という声が聞こえてきた。

「ありゃ、旗本だな。いいざまだ」

「ああ、だあれが捕まえるもんかい」

男二人がささやき合う。

「まったくだ」横から寄って来た男が二人に、頷いた。

「せっかく世が変わるかと思ったのに、まぁた水野忠邦が老中首座ときたもんだ。冗談じゃねえや」

「おうとも」

と、二人の声が揃った。

「こんなにがっかりしたことはねえぜ」

「そうともさ、期待させやがってよぉ」

男らのささやきを聞きながら、登一郎はその場を離れた。

走って行く熊と武士のあとを足早に追う。

武士は刀の柄に手をかけた。

お、いかん……。登一郎はさらに足を速める。あの武士、手加減するようには見えん……。

熊は走り続けている。

追う武士は足がもつれ始めていた。

と、脇道から、声が上がった。

「あ、あぶねえーっ」

荷車を引いた男が出て来て、身体を回した。

車も斜めになる。積まれた木材が音を立ててずれた。

そこに武士がぶつかった。

転びそうになった武士を、車の男が腕を伸ばして支える。

「おっと、すいやせん」

武士が身を立て直して、大声を放つ。

「へえ、申し訳ないこってす」

男がぺこぺこと頭を下げる。

くっと、武士は前を見た。

熊の姿は消えていた。

「邪魔をしおって」

武士が刀の柄に手をかける。

「お待ちを」

駆け寄った登一郎が武士の前に立った。

「お怪我はありませんでしたかな」

むっとした武士が横に逸れようとする。

登一郎も同じに逸れると、武士は眉を吊り上げた。

「どかれよ」

「いや、お怪我はござらぬか」

言いながら、登一郎は車の男に向かって小さく手を振った。よいから行け、と横目を向ける。

「馬鹿者っ」

男はすっと横に出て来ると、武士に顔を上げた。

「ご無礼しやした。けど、この木材はお城からの……御用で」

御用、に声を張り上げた。

「なもんで、急いでましたもんで」

その言葉に、武士は吊り上げていた眉を戻した。

柄にかけていた手も離す。

真顔になって一つ、咳を払うと、胸を張って男を見下ろした。

「ふん、御用とあればしかたあるまい。行け」

そう言って顎をしゃくると、ふんっと、鼻を鳴らした。

「へい、すいやせん」

男は荷車の方向を直す。

武士は歪めた顔で道の先を見るが、地面を蹴って踵を返した。

戻って行く武士を見送って、荷車の男はにっと笑い、小さく舌を出した。

やっ、と登一郎は男の顔を見る。

「そなた、わざとであったか」

男は肩をすくめる。

「へへっ、まあ。旦那、加勢、ありがとうござんした」

「いや……なれば、御用も嘘か」

「いんえ、こりゃ、ほんとです。ま、下請けの下請けですけどね、これから届けるんで」

「そうか」登一郎は浮かびそうになる笑いを抑え込んだ。

「気をつけて行くがよい」

「へい」

車を引き始めると、周りから人が寄って来た。

「押すぜ」

「おう」

数人の男らが荷車に手をかける。

「こりゃどうも」

荷車はするすると進み始めた。

さて、と登一郎は車を追い抜いて道を進んだ。

その先の脇道に入ると、ゆっくりと左右を見る。

と、細い路地から、顔が突き出てきた。辺りを窺うその顔に、

「熊」

と、登一郎は走り寄った。

「あ、旦那」

驚く熊に、登一郎はにっと笑う。

「武士は行ったぞ、今な……」

いきさつを話すと、路地から出て来て、熊は腕を伸ばした。

「そうでしたか、そいつは助かった」

懐をぽんと叩く熊の手元を、登一郎は見た。

「やったのだな」

「ええ、まあ」熊は歩き出す。

「少し前まで、やめてたんですけど、水野忠邦の話を聞いて、腹ぁ立っちまって、また始めやした」

「そうか」

登一郎も並んで歩く。すると、熊が顔を向けてきた。

「このあいだ、狸公がごちになったそうですね」

「ん、ああ、たまたま会ったのでな。そうだ、そなたもどうだ」

「いや、そんなつもりで言ったんじゃねえんで」熊は首を振る。「ただ、狸公が人になつくのは珍しいから、話を聞いてちぃと驚いたんでさ。古道具屋にもつきあわせたって聞いたし」

「ああ、あれか。狸公はなかなかやるな。軽業師やら、これまでの話を聞いて得心したが」

笑う登一郎に、熊は片目を歪ませる。

「旦那は変わったお人ですね」

じゃ、と熊は足を速める。

離れて行く熊に、登一郎は声を投げかけた。

「狸公が案内してくれた飯屋は旨かったぞ。どうだ」

熊は足を止めると振り返る。

にっと笑う登一郎に、熊は向き直って寄って来た。

丼飯をかき込む熊の姿に、登一郎は目を細めた。

「よい食べっぷりだ」

ああ、と熊は喉を動かす。

「おれぁ、酒が飲めないんで、もっぱら飯でさ。むしゃくしゃすると、飯がますます旨くなるってもんで」

「ふむ、江戸じゅうがそうかもしれぬな」

登一郎は店の中を見回した。酒を飲む者、飯を頬張る者とそれぞれだ。

「ったく」熊が目刺しを飯の上に載せる。

「老中首座が替わって、せっかく世が変わるかと思ってたのによ、元の木阿弥《もくあみ》ときたもんだ」

「ふむ、禁令で潰された岡場所の人々は、世が変わるのを待ち続けていたであろうな。それがますます遠ざかったとなればむしゃくしゃもしよう」

「そうでさ、せっかく根津に戻れると思ってたのによ」

熊は目刺しと飯をかき込む。

ふうむ、と登一郎も目刺しをつまむ。

「そういえば、根津に戻りたいと言っていた女がいたな。根津の岡場所はそれほどよい所なのか」

「女……根津って言ったんですかい」

目刺しの尻尾を口からはみ出させ、熊が顔を上げた。

「うむ、根津から品川に売られたが、取り締まりのどさくさで逃げて来たそうだ。夜鷹をしていたが、根津に戻りたいと言っていた」

「それ、どんな女でしたか」

「どんな……そうだな、小柄で細かったな。お里、と名乗っていたが」

「お里」熊が腰を浮かせた。

「どこで会ったんですか」

「知っている娘か」

「ああ」熊が腰を戻す。

「うちの店にいたお里に違えねえ。小っせえ娘で、品川に売られたんでさ」

「ほう」登一郎は首を伸ばす。

「好いていたのか」

「そんなんじゃねえ」熊は首を振る。

「店の娘らは妹みてえなもんで。おれぁ、妹を流行り病で亡くしちまったもんで、面倒を見たくなるんだ」

熊は残っていた飯をかき込むと、腰を上げた。

「で、どこにいたんで」

「ここからほど近い湯屋の前で声をかけられたのだ」

「湯屋……旦那、案内しちゃくれませんか」

身を乗り出す熊に、登一郎は頷いた。

「よし、行こう」

二人は店を出た。

早足になった熊がつぶやく。

「夜鷹なんて、とんでもねえ。どんな目に遭うか、わかったもんじゃねえ」

ふむ、と登一郎はその横顔を見た。情があるのだな……。

見えて来た湯屋を指さして、登一郎は辺りを見回す。

それらしい姿は見当たらない。

登一郎は横道へと進んだ。

「この先で蕎麦を食べたのだ」

「お里とですかい」

「うむ、痩せていたのが気になってな……あっ……わたしは蕎麦を食べさせただけで、お里を買ってはいないぞ」

首を振る登一郎に、熊も小さく首を振った。

「やっぱし、変わってら」

道の先に出たが、屋台は出ていない。

ううむ、と腕を組む登一郎に、進み出た熊が振り返った。

「おれぁ、この辺りを探してみまさ。旦那、もし、またお里に会うようなことがあったら、知らせてくだせえ」

「うむ、わかった」

頷く登一郎に背を向けて、熊は左右を見ながら歩き出した。

口が動き、お里、とつぶやいているのが見て取れた。

五

八月。

湯屋を出た登一郎は空を見上げた。

頭上に広がる雲は、秋のうろこ雲に変わっている。

歩き出しながら、登一郎はふと足を止めた。そういえば、と思う。熊はお里を見つけたのだろうか……。

あれ以来、熊にも会っていない。

顔を巡らせた登一郎は、横道を見て目を見開いた。

女がこちらを見ている。

「あぁ、やっぱり、旦那だ」

飛び出して来たのはお里だった。

「えっ」と登一郎は向き合う。

「そなた……まだいたのか」

「ああ」とお里は首を縮めて笑う。

「しばらく深川に行っていたんですよ。品川の男衆を見かけたから、逃げてね。そんで、今度はそいつを深川で見かけたから、こっちに戻って来たってわけ。一度、探した所はもう探さないだろうからさ」

ううむ、と登一郎は見上げる小さな顔を見返した。

「賢いな……いや、そなた、では会っていないのだな」

「え、誰と」

「熊……」言ってから、登一郎は己の額を叩いた。

「しまった、真の名を知らん。根津の男衆をしていた者で、そなたと同じ店にいたと言うていた」

「へえ、男衆はたくさんいたけど……」

「ああ、と、色が黒くて背が高い」

「ふうん」

首をひねるお里に、登一郎は「そうだ」と指を立てた。

「妹がいたが流行り病で亡くした、と話していた」

「ああ」お里は手を打つ。

「なら、勝太《かった》兄さんだ。確かに、黒いしでっかいし。けど、旦那、なんで兄さんを知ってるんです」

「うむ、それはまあ……ともかく、そなたのことを話したら、探すと言うてここまで来たのだ。夜鷹は危ない、と言うてな」

へえ、とお里は目を丸くする。

「そんなこと……」

うむ、と頷きつつ、登一郎は考え込んだ。

「よし、行こう」

「へっ、どこへです」

「その勝太兄さんの家だ。そなたを見つけたら知らせてくれと言われていたのだが、なに、連れて行ったほうが早い」

さ、と登一郎はお里の背を押して歩き出す。

お里は歩きながら、へへっと笑い声を漏らした。

「どうした」

顔を覗き込む登一郎に、お里ははにかんだ笑顔になった。

「あたしのこと、忘れてなかったんだって思ったらうれしくて……心配してくれる人なんていなかったしさ」

そうか、と登一郎は前を向く。

「勝太兄さんはね」お里は空を見る。

「みなしごだったんだって。おとっつぁんが賭博《とばく》のカタでおっかさんを売っちまって、そのおとっつぁんも捕まって遠島《えんとう》になって、妹と二人で宿に住み込んでたんだってさ」

「ほう、そうなのか」

「うん、で、宿の姐さんたちにかわいがられて育ったって言ってた。だから、あたしらにもやさしいんだよ」

「妹が早くに死んじゃったっていうから、そのぶん、あたしらに情をかけてくれたんじゃないのかな。あたしらが病で店に出られなくなると、そっとご飯を持ってきてくれたもんさ」

ほう、と登一郎は熊の顔を思い浮かべた。もともと、義賊の種を持っていたのだな……。

「なるほどな」

湯島の坂を上って、路地へと入る。

家の前に立つと、中から声が聞こえてきた。

登一郎は「ごめん」と声をかける。

「熊はいるか、お里ちゃんだぞ」

中から足音が響き、音を立てて戸が開いた。

敷居を半分またいで、熊が目を見開く。

「お里」

「兄さん」

お里が駆け寄る。

熊はその腕をつかんだ。

「おまえ、無事だったか」

うん、と見上げるお里の目がみるみる赤くなった。

熊は登一郎を見て、頭を下げる。

「あ、入っておくんなさい」

お里の腕も引っ張って、中へと戻る。

登一郎もついて行くと、座敷には狸もいた。

「こりゃ、旦那」

「おう、元気そうだな」

言いながら座る。

お里も家の中を見回しながらぺたんと座った。

熊はその向かいで、改めてお里を見つめる。

「やせちまったな」

「んなことない」お里は笑う。

「前からこうさ」

熊は登一郎に顔を向けた。

「よく見つけて……それにここまで……」

「いや……」

登一郎は会ったいきさつを話す。

お里は肩をすくめた。

「旦那を見つけたから、また蕎麦をおごってもらおうと思ったのさ。あそこのしっぽく旨かったもんね」

「そうか」登一郎は笑う。

「なれば、蕎麦を食べてから来ればよかったな」

「ああ、そんなら」熊は狸を見る。

「飯が残ってるだろう。湯漬けを作ってやってくれ」

おう、と狸が台所へと向かう。

熊はお里の頭を撫でた。

「もう、客を取るのをよせ。人前に出て見つかるとまずいからな。他の仕事を探してやるし、近くの長屋に口も利いてやるからな」

「うん」

お里は両手を重ねて頷く。

登一郎はぽんとお里の肩を叩いて、立ち上がった。

「よかったな、ではな」

背を向けた登一郎に、熊の声が上がった。

「ありがとやんした」

登一郎は小さく頷いて、外へと出た。


九月六日。

昼の横丁に足音が響いた。

これは、と登一郎は土間に下りた。と、同時に、思ったとおり、戸が開いた。

新吉だった。

「先生」

「おう、今度はなんだ」

「妖怪、鳥居耀蔵が町奉行、罷免です。お役御免になりましたよ」

「なんと」

「ええ」新吉は笑顔で手を上げる。

「やっときやがった」

踊るような仕草で、新吉は身体を回した。

「ってことで、あたしは忙しいんで」

そう言って、走って行く。

登一郎は外に出ると、その足で南町奉行所へと向かった。

横を男が駆け抜けていく。

南町奉行所の前には、すでに数人の男らが立っていた。

「ざまあみやがれ」

腕を振り上げる。

「妖怪め、二度と戻って来るなよ」

声も張り上げる。

が、門番の役人らが走って来る。

「散れ散れ」

「お縄にするぞ」

男らは走りながらも笑いを漏らす。

「うひょお」

路地に飛び込むと、首を伸ばして笑い続けた。

「ああ、胸がすっとするぜ」

「おうよ、べらぼうめってんだ」

登一郎は路地の表で声を聞きながら、南町奉行所の屋根を見上げた。

町奉行の役宅は、奉行所の中にある。

さすがに、そこに石を投げるわけにはいくまいな……。登一郎は口元を歪めて小さく笑った。


夕刻。

日差しが差す戸の障子に、二人の人影が立ったのに登一郎は気がついた。

「ごめん」

その声に、登一郎はすぐに戸を開けた。

遠山金四郎と清兵衛がするりと入って来た。

金四郎と登一郎の目が合い、にっと笑い合う。

「さ、どうぞ」

登一郎は自ら膳を運んだ。

「もしやお寄りくださるかと、用意しておりました」

「これは、ありがたい」

三人で膳を囲んで、酒を注ぐ。

「町のようすを見に行ったが、大騒ぎだったぞ」

清兵衛の言葉に、金四郎も頷く。

「おう、祭りのようだったな」

「町の者らはさぞかし溜飲《りゅういん》を下げていることだろう」

登一郎も昼間、見てきたようすを話す。が、真顔になって金四郎に向いた。

「して、どのような罰が下されたのです」

「いや、お役御免になっただけだ。寄り合い席に移された」

「寄り合い席」清兵衛が小首をかしげる。

「無役が入る小普請組《こぶしんぐみ》とは違うのか」

「うむ、似たようなものだが、三千石以上の旗本だと、寄り合い席という身分になるのだ。一応、御門の門番という役目もある」

「ううむ」登一郎は唸る。

「水野忠邦は、それですませるつもりなのか」

「いや」金四郎は片目を歪ませた。

「あの傲岸不遜《ごうがんふそん》の水野様だ、裏切り者をそう簡単に許すとは思えん。おそらく評定を開いて吟味をし、これまでの罪を暴き出す。それで罰をくだす所存だと、わたしは読んでいる」

「なるほど」登一郎は顎を撫でる。

「じっくりと時をかけて仇討ちをするということか」

「そうであろうよ」

金四郎は口元で笑う。

「だがそうすると」清兵衛が顔を上げた。

「次の奉行は誰になるのだ」

「まだ決まってはおらん」金四郎は眉を寄せる。

「しかし、跡部大膳の名が噂されている」

「跡部大膳……そうか」

顔をしかめる登一郎に、清兵衛が手を打つ。

「ああ、水野忠邦の弟だものな。いかにもなことだ」

うむ、と金四郎と登一郎の顔がともに歪んだ。

「跡部と妖怪は、どっちがましなのだ」

清兵衛の問いに、二人は顔を見合わせた。

「似たようなものだ」

金四郎が言うと、登一郎も頷いた。

「おそらくすることは同じだろうな」

ちっと、清兵衛は舌を打つ。

「それじゃ、世の中は変わらないということか」

顔を向けて、清兵衛は息を吐き出した。

登一郎がぐい呑みを口に運ぶと、金四郎も勢いよく酒を流し込んだ。

九月十五日。

跡部大膳が南町奉行に就任した。

第五章　今ぞ仇討《あだう》ち

一

夕刻の戸口に人の声が上がった。

「ごめんくだされ」

戸を叩きそうな勢いに、登一郎は誰だ、とつぶやいて戸口へと向かった。

「どうぞ、開いてますぞ」

戸が開くと、入って来たのは小峰倉之介だった。

「おう、そなたであったか」

「はい、お邪魔を」

言いながら土間に入ると、かしこまって会釈をした。

その旅姿を見て、登一郎は座敷へと導いた。

「さ、上がるがよい。成田から戻ったばかりか」

「ええ、鳥居耀蔵のお役御免を聞いて、戻って来たのです」

倉之介は座敷で膝をつくと、身を乗り出してきた。

「どうなったのですか、改易ですか」

登一郎は制するように、手を上げた。

「落ち着け。お役御免となって寄り合い席に飛ばされただけだ。今は御門の見張りの役に就いて、普通に暮らしているらしい。だが、評定所で吟味が始まっているそうだ」

「吟味が……」

「うむ、お沙汰が下されるまでは、まだ日がかかるであろう」

「そうですか」倉之介は身体を引いて、息を吐いた。

「間に合わなかったら、と思うと気が気ではありませんでした。すぐに発ちたかったのですが、あちらの部屋を片付けたり、挨拶をしたりで手間取って……」

「間に合うとは、なにがだ」

「もし、改易にでもなれば、家臣は散り散りになりましょう。そうなっては、瀬長賢蔵の行方を追えなくなると思い、気が急《せ》いたのです」

紅潮した倉之介の顔を、登一郎は「ううむ」と唸って見つめた。

江戸を離れれば、仇討ちへの気持ちも少しは落ち着くかと思うたが、そうではなかったか……。

「ふうむ、しかし、鳥居耀蔵は改易にならぬだろうな」

「え、それはなにゆえですか」

「鳥居耀蔵はそもそも鳥居家の生まれではない、婿養子に入った身であるから、家そのものを潰す罰をくだすことはするまい。軽ければ、蟄居《ちっきょ》や隠居ですまされることも考えられる」

「そうなのですか」

しかめた顔で腕を組む倉之介に、登一郎はそっと問うた。

「まだ仇討ちをする気があるのだな」

「はい、もちろんです」

倉之介は腕をほどいて胸を張る。

「ふむ、剣術の修業はいかがした」

「しました。いただいた書状を持って道場を訪ねたところ、稽古をつけてもらうことができました。厳しい師範でしたが、ちゃんと通いました」

拳を握った。

ううむ、と登一郎はまた唸る。己の腕前を思い知って、あきらめるかと思うていたが、それもなかったか……。

「されど」と登一郎は目を伏せた。

「そなたが仇とする瀬長は、父上の命を直《じか》に奪ったわけではなかろう。虚偽の報告をしたに過ぎず、父上が亡くなったのは病によるもの。となれば、たとえ念願を果たしても、仇討ちとは認めてもらえぬだろう。そなたが罪に問われるやもしれん」

登一郎はそっと目を開けた。

「はい、それは覚悟の上です」倉之介は腹に拳を当てる。

「いざとなれば、この腹を切ります」

顎を上げる倉之介に、登一郎はほうっと息を吐いた。

「そうか、そこまで腹を据えているのなら、もうなにも言うまい」

「恐れ入ります。もし、あちらから仕掛けてくるようなことがあれば、返り討ちにしてみせます」

「ふうむ……そなたが江戸を離れたあと、瀬長が家を訪ねてきたと、母御、松殿は話していたが、もうそのようなことはあるまい」

「えっ、そうだったのですか」

「ああ、だが、松殿は息子は死んだ、と告げたそうだ」

「そう……でしたか」

「瀬長がそれを信じたかどうかはわからぬがな……しかし、御公儀は鳥居家の家臣らに対しても探索をしている、という話だから、瀬長も自重していることであろう」

「家臣も、ですか」

「うむ、鳥居耀蔵は家臣を使って、人を追い落とすための工作をしていたからな。が、家臣といっても下っ端《したっぱ》には及んでいないようだ。大きな役目を果たしていた家臣が吟味を受けるようだから、瀬長は相手にされないだろう」

　登一郎の言葉に、倉之介は顔を歪める。

「いや」と登一郎は慌てて首を振った。

「そなたの父を軽んじているわけではない。しかし、鳥居は大名らにも濡れ衣を着せ、死に追いやったりもしている。御公儀がそちらに目を向けるのは、いたしかたあるまい」

　ましてや、と登一郎は思う。報復を謀《はか》っている水野忠邦にとって、罪は大きいほど罰も大きくできるというものだ……。

「なればよけいに」倉之介が顔を上げた。

「父の敵はわたしが討たねば」

そうか、と頷く登一郎に、倉之介はかしこまった。

「いろいろとありがとうございました」

低頭して、腰を上げようとする。

「母上の所に行くのか」

「ええ、そのつもりです」

登一郎は窓に顔を向けた。障子の外はすでに暗い。

「もう日が暮れた。今宵は泊まっていくがよい」

「あ、なれど」

「かまわん。明日、戻ればよい。そうだ、母御は手習所を始められたぞ」

「手習所、ですか」

「うむ、妹御も手伝っているはずだ」

「へえ」と倉之介は眼を動かす。

「どうしているか心配していたのですが、そうでしたか」

「ああ、松殿も千江殿も、実にしっかりしておられる」

登一郎の微笑みに倉之介は、はっとして首を縮めた。

「あ、あの、実はお借りした金子は、まだお返しできる当てがなく……」

「ああ、かまわぬ。この先、なにか仕事を探せばよい」

「はい」

倉之介はほっとして首を伸ばした。

そこに、戸が開いて、佐平が入って来た。

「ただいま戻り……おや、お客……」

「うむ、そら、前にいた倉之介殿だ。今夜も泊まるから、頼むぞ」

倉之介が会釈をする。

「ああ、こりゃ、お戻りで。そいじゃ、支度しましょう」

佐平は手を打って、台所へと向かった。


翌日。

登一郎は倉之介と並んで、湯島の切通町の道に入った。

「わざわざ、すみません」

恐縮する倉之介に登一郎は目で微笑む。

「いや、手習所がどうなっているか、気になっていたからな。ちょうどよい」

家が見えて来ると、中から声も聞こえてきた。

松の声だ。それに子供の声も混じっている。

母上、とつぶやくと倉之介は小走りになった。

戸が閉まっているために、横の窓に立つ。半分、開いた窓から、倉之介が覗き込むと、登一郎もその背後から中を窺った。

天神机《てんじんづくえ》がいく列も並び、女児がそれに向かっている。それぞれが、小さな手で筆を滑らせている。

妹の千江も、子らについてひらがなの手ほどきをしていた。

「そうそう、ここははねるのよ」

千江のやさしい声が聞こえてくる。

「へえ」と倉之介はつぶやき、目を見開いた。

ふむ、と登一郎は目元を弛める。

「繁盛しているな、けっこうなことだ」

倉之介が顔を半分、振り向けた。

「わたしもこれを手伝うことにします。わたしが男子を教えれば、もっと手習子が増えるはず」

「ほう」と登一郎は目をしばたたかせた。

「なるほど、それは名案」

頷き合う二人に、中から足音が聞こえた。

ぱたぱたと足音が寄って来ると、窓が大きく開いた。

千江が顔を覗かせる。

「兄上」

その大声に、もう一つ、足音が立った。

戸が開いて、松が飛び出して来た。

「倉之介」走り寄って、その顔を見上げる。

「まあまあ……」

千江も出て来て、兄の頭から足までを見る。

「兄上、ご無事で……」

「うむ、ただいま、戻りました」

松がそっと目元に袖を当てた。

登一郎はそっとその場を離れると、湯島をあとにした。

二

十月。

両国でまた煎餅を買うと、登一郎は賑やかな広小路へと足を向けた。

あちらこちらに立つ見世物芸人の周りに、人々が集まっている。

そこに向かっていると、背中から声がかかった。

「旦那」

振り返ると、虎と鼠が立っていた。

「おう、そなたらか。見物に来たか」

「いえ」

鼠が懐を手でさする。

む、と登一郎は小声になった。

「やったのか」

「ええ」虎がにっと笑う。

「むしゃくしゃしたんでね。結句、世の中、よくなりゃしねえ」

「そうそう、町のもんは、相変わらず明日の銭に困って右往左往だ」

鼠は首を振ってから、登一郎を見た。

「そういや、狸公と熊公が旦那にごちになったそうで」

ああ、と登一郎は苦笑する。

「そなたたちも、どうだ」

虎と鼠は横目を交わし、笑う。

「いや、たかろうと思ったわけじゃねえんで」

「そうそう、あっしらはさっき飯を食っちまったし」

そうか、と登一郎は辺りを見回す。

「では、団子はどうだ」

広小路の隅にある水茶屋を指で差す。

おっ、と言いながら、虎と鼠は頷き合う。

「いいんですかい」

「ちょうど、甘いもんでも食おうかって、話してたとこで」

「おう」と登一郎は歩き出す。

「わたしも休もうかと思っていたところだ」

水茶屋の長床几に向かった。

以前は鮮やかな緋毛氈《ひもうせん》がかけられていたが、奢侈禁止令が出されてからはなくなり、畳が置かれているだけだ。赤い日傘も消え、娘の真っ赤な前垂れも地味な茶色に変わっていた。

腰掛けた三人は、団子の串を手に取った。

「あぁあ」と鼠が醤油で焼いた茶色の団子を見つめる。

「前みたいなあんこのたっぷり載った団子、いつ食えるのかねえ」

砂糖も贅沢とされ、あんこを使った菓子も制限されている。

「まったくだぁな」

虎が、切った海苔を振りかけた磯辺《いそべ》団子をほおばる。

登一郎も焼き団子を嚙む。

前に置かれた長床几では、年配の男と若い男が、甘辛いタレのみたらし団子を頰張っている。

「あまり甘くないねえ」

年配の男が言うと、若いほうが頷いた。

「甘みはみりんだけですね。前のタレが恋しくなりますね」

二人で頷き合っている。

年配の男は茶を啜ると、懐から煙草入れを取り出した。

煙管《きせる》を取り出すと先に刻み煙草の葉を詰めて、置かれていた煙草盆を引き寄せる。

火をつけると、ふうっと、煙を吐いた。

薄い煙が流れて、消えて行く。

そこに、つかつかと寄って来る人影があった。

黒羽織の町同心だ。

同心は男の前に立つと、懐から十手を取り出した。

「おい」十手を煙管に向ける。

「その煙管を見せてみろ」

男は慌てて、火皿の中を煙草盆に落とした。

「あ、これは……」

「それは銀だな」

同心の十手が揺れる。

男の手にしている煙管は、全体が金具でできている延べ煙管だ。

「あ、でも」男は煙管を握りしめる。

「これは手前が買った物ではなく、親父から譲られた物でして、ずっと以前の古い物で……」

「ええい」同心が足を踏み出す。

「町人が銀の煙管を使うことは禁じられておる」

「や、けど、前に北町のお役人は、古い物ならば、とお許しくださいました」

「北町だと……」ふん、と同心は鼻を鳴らす。

「我は南だ、北町がなんと言おうと知らぬ」

同心は手を伸ばして、煙管を奪い取った。

「あぁっ」と男は手を伸ばす。

「お許しを、それは親父の形見で……」

「ならぬ」同心は煙管を振り上げる。

「御法度は御法度。不届き者めが」

そう言うと、くるりと背を向けて歩き出した。

男は立ち上がって三歩、あとを追ったが、その足を止めた。

若い連れが「旦那様」と駆け寄る。

がっくりと肩を落とした主の背に、そっと手を当てる。

「へたに逆らうと、引っ張られてしまいますよ」

うなだれる主の背を「さあ」と押す。その手には煙草入れが握られていた。

「こっちも革に金の型押しです。見つかったら、これまで取り上げれてしまいますよ。戻って来ないうちに、行きましょう」

若者に押されて、男は歩き出した。

とぼとぼと行く後ろ姿を見て、

「災難だな」

鼠がつぶやくと、虎も頷いた。

「おう、南町たあ、妖怪の頃とちっとも変わってねえな」

登一郎は、小声で言う。

「後釜は跡部大膳だからな。返り咲いた兄の政をもり立てようと、張り切っているのだろう」

「あ、そうか。跡部大膳ってのは水野忠邦の弟でしたね」

虎の言葉に、登一郎は黙って頷く。

「ちっ」と鼠が舌打ちをした。

「これだから、やってらんねえってんだよ」

虎が立ち上がる。

「おう、おれぁ、やる気が出てきたぜ」

「やるか」

鼠も立ち上がった。

登一郎は二人を見上げて苦笑した。

「ほどほどにな」

「へい」

二人が声を揃えた。

「ごっそうさまでした」

そう言うと、力強い足取りで、広小路へと歩き出した。


十月十二日。

湯屋で湯に浸かっていた登一郎は、閉じていた目を開けた。

「おうい、聞いたか」

大きな声が響き渡ったからだ。

「老中の土井大炊頭が辞任したとよ」

なんと、と登一郎は思わず腰を浮かせ、それをすぐに戻した。

湯の中で、じっと耳を澄ませる。

「へえ、やっぱし、水野忠邦に恐れをなしたってことか」

「おう、鳥居耀蔵がお役御免にされたんだ、次に報復されるのは自分だって、怯《おび》えたんだろうよ」

「だな、だったら、てめえからさっさと辞めちまったほうが得策ってもんだ」

「ああ、どんな目に遭わされるか、わかったもんじゃねえしな」

男らは口々に言い合う。

登一郎は腹の底で苦笑した。町の者でも真意はわかる、ということだな……。

登一郎はゆっくりと城の方角へと顔を向けた。

当面、城中は落ち着かぬだろうな……。そう思いつつ、登一郎は顎まで、湯に浸かった。

十一月末。

「先生、いますか」

新吉が返事を待たずに戸を開けた。

おう、と寄って行く登一郎に、新吉は手にしていた暦を振った。

「今、大きな版元で聞いて来たんです。年号が変わるそうですよ」

「そうなのか」登一郎は立ったまま腕を組んだ。

「いやそうか、今年は本丸が消失したからな、厄《やく》を引きずらないように、年号を変えて新年を迎えようということだな」

災害や飢饉《ききん》、流行り病などが起こった年には、厄を祓《はら》うように年号を変えることが多い。

「ですね。あたしはもっと早くに変えるんじゃないかと思ってましたよ」

「うむ、して、新しい年号はなんというか、聞いたか」

「ええ、弘化《こうか》だそうです」

新吉は指で宙に、弘化の字を書いてみせる。

「弘化、か、ふうむ」

新吉は肩をすくめる。

「これから版木を作り直さなきゃなりませんや」

じゃ、と言って出て行った。

十二月二日。

十五年続いた天保が終わり、弘化が始まった。

三

年明けて弘化二年、正月。

屋敷に戻った登一郎は、一家で膳を囲んでいた。

三男の長明《ながあき》は、箸を動かしながら、口も動かす。

「先日は、薬の調合を学んだのです。父上はどこか、具合のお悪いところはないのですか」

「ふむ、ないな」

「なにかあったら、すぐに言ってください」

「もう、いっぱしの医者のような口ぶりだな」

父の苦笑に、長明は首を縮めた。

「まあよい」登一郎は笑う。

「そのうち、一人前になるだろう。学びに熱中するのはよいことだ」

その顔を次男の真二郎《しんじろう》に向ける。

「そなたも学問を続けているのであろう。どうだ」

「はい」真二郎は神妙に頷く。

「精進しております」

うむ、と登一郎は隣に座る長男の林太郎《りんたろう》に目を向けた。

「お役目はどうだ」

林太郎は城で大番士《おおばんし》の役に就いている。

「はい、つつがなく務めております」

「ふむ、お城はどうだ」

父の問いに、林太郎は、

「はい、本丸も新しくなり、皆、忙しくされています」

と答え、横目を向けた。くわしくはのちほど、とその目は語っていた。

「旦那様」妻の照代《てるよ》が、笑みを浮かべて声をかけた。

「この鯛はおいしゅうございましょう。今年はひとまわり大きい物を、と頼んでおいたのですよ」

ほう、と登一郎は塩焼きされた赤い鯛を見つめた。

「姿もよいな」

「ええ、今年はよい年になりそうな、そんな気になりますでしょう」

にっこりとする妻に、登一郎が頷く。

「おう、そうだな」

その言葉に、長明が笑顔になった。

「父上は、すっかり町言葉に馴染まれましたね」

「お、そうか」

苦笑する登一郎に、照代は目を細めた。

「ようございますよ、それはそれで」

さ、と差し出す銚子に、登一郎は杯を差し出した。


夕刻。

行灯《あんどん》に火が灯った登一郎の部屋に、林太郎がやって来た。

「お邪魔してよろしいですか」

「おう、入れ」

手で招く父の横に、林太郎は正座した。

登一郎は膝を回すと、息子に向き合った。

「どうなっている、お城は」

「はい、水野様は病ということで、先月から出仕されておりません」

「病とな」

眉を寄せる父に、林太郎は声を落とした。

「実は、それ以前から、水野様は覇気《はき》をなくされて……廊下でお見かけしても、力のない足取りでした」

「ほう、しかし、鳥居耀蔵をお役御免にして、評定も開いているのであろう」

「ええ、そこまでは采配を振るわれていたようです。思うに……そこで力を使い果たしてしまわれたのではないかと」

「なんと……が、そうか、確か齢《よわい》も五十を過ぎたはずだな」

林太郎は頷く。

「それもあるかと。土井様が辞任された頃からは、お部屋に籠もられることが多く、表にもあまりお出にならなくなったそうです」

「ふうむ、大名方の資金調達はどうなっているのだ」

「そちらも、さほど動かれていないようです。これは聞いた話ですが、出仕されても部屋でなにをするでもなく座っておられるだけ、とのことで、木偶《でく》のようだ、とささやかれていたそうです」

「木偶」登一郎は目を剝いた。

「あれだけ、力を振るっていたというに……」

「もはや、その面影なし、とお城では噂されています」

「ううむ、上様はどのように思われているのか」

眉を寄せる父に、林太郎は小さく首を振った。

「これも聞いた話ですが、苛立っておられるようです」

そうか、と登一郎は天井を見上げた。これは、どうなるか……。

息子に目を戻すと、登一郎は声を強めた。

「そなたは権勢に擦り寄るでないぞ。己の力を頼みとするのだ」

「はい」

林太郎は背筋を伸ばすと、深く頷いた。


二月五日。

「ごめんくださいませ」

戸口に響いた声に、登一郎は「えっ」と立ち上がった。

この声は、と首をかしげながら、戸口へと行く。

「お邪魔します」

戸が開いて、長明が顔を覗かせた。と、その背後から、照代が姿を現した。

やや、と立ち尽くす登一郎を見上げながら、妻が土間に入って来る。

家の者らは長明以外、ここを訪れた者はいない。

妻は顔を左右に巡らしながら、「あらまあ」と微笑んだ。

「狭いこと」

「なんだ、どうしたのだ」

戸惑う登一郎に長明が草履を脱ぎながら、母を目で示す。

「母上が、この家を見てみたいと仰せなので、お連れしました」

「はい」照代がにっこりと微笑む。

「節分の豆をお持ちしたのです。鬼やらいはしておられないのでしょう」

手にした小さな包みを差し出す。

「む、しておらぬが、もう、節分は過ぎたではないか」

「ええ、上がってよろしいですか」

言いつつもすでに草履を脱いでいる。

長明は先に座敷に上がり、「さ、母上」と招く。

そこに佐平が奥から小走りで出て来た。

「これは奥様、いや、どうも」

座敷に上がった照代は佐平にも笑みを向ける。

「ご苦労様、豆を持ってきたから、あとで旦那様とお食べなさい」

登一郎は持っていた包みを佐平に渡す。

「はい」と佐平はそれを胸に抱いた。

「あ、今、お茶を淹れますんで」

台所へと戻って行く。

照代はゆっくりと部屋を歩きながら、目をくるくると動かしている。

「少し、殺風景ですね」

うむ、と登一郎は腰を下ろして、妻を見上げた。

「よいのだ、これで。よけいな物などないほうが、暮らしやすいということが、ここでよくわかった」

「そうですか」

照代もゆっくりと向かいに座る。

長明もそれに並ぶと、母に笑いかけた。

「わたしもこの簡素なところがよいと思っています。いずれ、町で医者を始めたら、このような造りにしようかと」

そう、と照代は微笑む。

登一郎は、咳を一つ払って、妻を上目で見た。

「見て、得心《とくしん》したか」

やましいことなどないぞ、と目顔で告げる。

妻はそれを察したように、ほほほ、と笑った。

「わたくしは、旦那様の暮らしぶりを見たかっただけです。当面、お屋敷へお戻りになるお気持ちはおありでないようですし」

ふむ、とまた咳を払う。

「まあ、こちらにいるほうが退屈せぬからな」

「ええ、そのようですね。お城に上がっていらした頃よりも、お顔の色が……そう、いきいきとされてますもの」

照代はゆっくりと家を見渡す。

「ですから、今後はわたくしが時折、こちらに参ります」

「は」と登一郎は身を乗り出す。

「なにをしに、だ」

「遊びにです」照代はまた笑った。

「ここからならば、両国も上野も浅草も、それに深川だって近いではありませんか。案内してくださいな」

うらむ、と登一郎は苦笑する。

「それに」照代が眼を動かす。

「今、浅草でかかっているお芝居が、たいそう面白いそうですね。遠山様が金さんとして活躍するそうで」

「ふむ、人気らしいな」

ね、と照代が手を合わせる。

「わたくし、見たいと思ってましたの。連れて行ってくださいな」

長明が父と母と交互に見て、頷いた。

「よいではないですか、わたしは医塾があるので行けませんし」

登一郎に向かって、片目を細める。

うほん、と咳を払って、登一郎は「まあ」と膝をさすった。

「なれば、近々、行くとするか」

「まあ、うれしいこと」

照代が手を擦り合わせる。

「では」と長明が腰を浮かせた。

「わたしは医塾に行かねばなりませんので」

言いつつ、母を見た。

「母上、夕方、お迎えに参りますので、それまで父上とどこか物見にでも」

言ってから、父にも目を向ける。

登一郎は、「ああ」と膝を叩いた。

「なれば、旨い団子を食べに行くとしよう」

「はい」

照代は、手を叩いて、笑顔になった。

四

二月二十日。

昼過ぎ、登一郎の家の戸が開いた。

「先生」

飛び込んで来た新吉に、登一郎はすぐさま寄って行く。

「どうした、なにがあった」

なにか起こるはず、だとは思っていた。

「はい」荒い息の混じった声で、

「お沙汰です、二つ」

と、吐き出す。

「二つ、とな」

首を伸ばす登一郎に、新吉が頷く。

「まず、鳥居耀蔵にお沙汰が下りました。家禄お取り上げの上、肥州《ひしゆう》の相良家《さがらけ》に永預《えいあず》けです」

「そうか」

登一郎は拳を握った。やはり改易にはならなかったな、しかし、家禄没収か、それに永預け……。

他家への永預けとなれば、その国許に送られ、一生、監視の下に暮らし、外出なども許されない。

「して、いまひとつはなんだ」

「水野忠邦の罷免です。二度目の罷免ですよ」

新吉は言いながら、満面の笑顔になる。

「ざまあみやがれって話でさ」

罷免、とつぶやいて登一郎も面持ちがほころぶ。

「やはりな……」

「ええ、年末から登城してなかったらしいですね、それは噂に聞いてました」

「うむ、病と称していたそうだ。そうか、これで本当の失脚だな」

「はい、で、その後に老中首座に任じられたのは阿部伊勢守だそうですよ。確か、去年の九月に老中になったばかりでしたよね。どういうお方なんですか」

「阿部様か……まだお若い方だ、確か二十代半ばであったはず」

「へえ、そんなに若いんですか。そんなら、水野忠邦の子飼いってわけじゃないんですか」

「うむ、水野忠邦には与《くみ》してはいなかったお方だ。施策を踏襲することもあるまい」

「そらぁ、いい」新吉は飛び跳ねた。

「これでやっと世が変わるってもんだ。ああ、忙しくなるぞ」

新吉は袖をまくり上げると、くるりと身体を回した。

「そいじゃ」

と、飛び出して行った。

そうか、と登一郎は腕を組んだ。さまざまな人の顔が浮かんでくる。

おっ、そうだ……。つぶやくと、身支度を調えて、外へと出た。

神田の道を歩くと、方々から声が聞こえてきた。

鳥居耀蔵、妖怪、老中、水野などの言葉が飛び交っている。

ふむ、すでに広まっているな……。耳をそばだてながら、登一郎は湯島への道を急いだ。

湯島切通町への辻に差しかかると、そこから走り出して来た男とぶつかりそうになった。

倉之介だった。

「おう、そなたであったか」

「あ、真木様」左手で刀の鞘を握りしめている。

「鳥居耀蔵が……」

「うむ、聞いたか。わたしもそれを知らせに来たのだ」

「わたしも先ほど聞いて……」

言いながら、倉之介は歩き出す。小走りといってもよい速さだ。

登一郎も横に並んだ。

「鳥居の屋敷に行くつもりか」

「はい、預けの身となれば、すぐに預け先に移されるのですよね」

「うむ、沙汰と同時に身柄が押さえられる」

「となると、家臣らは散じるかもしれませんよね」

「そうだな、家禄お取り上げとなれば、家臣も多くが暇を出されるゆえ、さっさと逃げ出す者もいるだろうな」登一郎は倉之介の意を察して、頷いた。

「ゆえに、急いでいるのだな」

「ええ」倉之介の足が速まる。

「瀬長賢蔵は卑劣な男だと、父は話していました。逃げて江戸を出て行かれては、追えなくなりますから」

早足の倉之介に、登一郎も息を荒くしながらついて行く。

「屋敷は知っているのか」

登一郎の問いに、倉之介は頷く。

「はい、外《そと》桜田です。以前に、ようすを窺いに行ったことがあります」

濠沿いを進み、やがて外桜田に入った。

閉ざされた表門の前には、人が集まっている。

門番も立ち、長い棒を手に、睨みを利かせている。

ほう、と登一郎はそれを見た。御公儀が遣わした役人だな、また騒ぎにならぬように、ということか……。

門前には、商人らが集まっている。噂を聞きつけ、売掛金を取りはぐれないように、と駆けつけて来たらしい。

声を上げているが、潜り戸も開く気配はない。

その光景を見ながら、裏へと回り込む倉之介に、登一郎も続く。

裏門は開いていた。

中から人が出て来る。

下っ端の家臣らしき男が、荷物を背にそそくさと出て行く。

「やはり、ですね」

足を止めた倉之介がつぶやくと、登一郎も隣で息を整えた。

「うむ、家臣は主に似るからな」

二人の男が、脇に風呂敷包みを抱え、後ろを振り返りながら出て来る。道に出ると、勢いよく走り出した。

倉之介は一歩、二歩と、ゆっくり裏門に近寄って行く。

登一郎はその場に佇んで、その背中を見つめた。

と、倉之介が地面を蹴った。

門から出て来た男に、駆け寄る。

出て来たのは荷物を背に負った瀬長賢蔵だった。

「待て」

倉之介は抜刀すると、前に立ち塞がった。

瀬長は、一歩下がって、目を見開く。

「ああ、なんだ」と、その口元を歪めた。

「そなた、生きていたのか」

冷えた笑いを見せる。

笑いを浮かべたまま、瀬長も刀を抜いた。

「腕の違いは思い知ったであろうが」

瀬長が真顔になって構える。

倉之介も正眼に構えた。

じりり、と足を動かす倉之介に、瀬長が小さく目を眇めた。

「ほう、修業したか」

そうつぶやくと、「えぇいっ」と声を張り上げた。

刀を振り上げ、踏み出す。

「やあっ」

倉之介も踏み出し、下ろされた刀を受けた。

刃を重ねたまま、二人はじりじりと地面を踏む。

ほう、と登一郎はそれを見守った。倉之介殿は、腕を磨いたな……。

「ええいっ」

倉之介が相手の刃を弾いた。

瀬長は、身を傾ける。背中の荷がずれて、足がもつれたのが見て取れた。

登一郎は、鯉口を切って、進み出た。

瀬長はくっと唸って、身を立て直した。そこから刀を斜めに下ろす。

倉之介の構えが変わった。その目に殺気が走る。
登一郎は抜刀して、走り込んだ。
二人の間に、刀を振り下ろす。
「そこまでだっ」
双方を見据える。
瀬長が後ろにあとずさった。
登一郎は倉之介に向けて、首を振る。
「卑劣な小物《こもの》に手を汚すことはない。もうよかろう」
倉之介の口がぐっと曲がる。
瀬長が、その隙を縫って走り出した。
「あっ」
倉之介が足を踏み出すが、それはすぐに止まった。
道の先で、大声が上がったからだ。
先に走って行った二人が人に囲まれている。
遊び人のような男らが、荷物を奪っていた。
その男らが、走って来た瀬長をも取り囲んだ。

殴られ、蹴られ、荷物が取り上げられていく。
「そら」登一郎は顎をしゃくった。
「町から仇討ちされておるわ」
荷を奪われた瀬長は、片足を引きずりながら、逃げて行く。
それを見送った倉之介は、ふっと息を吐く。
登一郎と倉之介は目を歪めて笑い、ともに刀を鞘に納めた。
「さ、戻ろう」登一郎が踵を返す。
「世も変わる、そなたもこの先は新たに生きるがよい」
「はい……そうですね」
倉之介も横に並んだ。
歩き出した登一郎は、え、と目を見開いた。
前からやって来た男も、驚きの顔になる。
狸ではないか……。登一郎は横目を向ける。
目が合うと、狸はにっと笑って、横を通り過ぎて行った。
振り向くと、狸は鳥居家の裏門にするりと入って行った。
さては、やる気だな……。登一郎は弛みそうになる口元を引き締め、前に向き直って歩き出した。

五

三月上旬。

「さ、どうぞ」

登一郎は、やって来た遠山金四郎と清兵衛を座敷に招き入れた。

いそいそと、登一郎は佐平に膳の指示をする。

酒は買ってあった。金四郎がいつ来てもよいようにだ。

「いつも急ですまぬな」

金四郎の差し出す酒徳利を受け取りながら、登一郎は首を振った。

「いえ、お待ちしてたのです。いろいろと重なったゆえ、ご多忙ではあられたでしょうが」

「うむ」金四郎は胡座をかくと、苦く笑った。

「鳥居耀蔵と水野様が、同日に処分を言い渡されるとは、さすがに思うておらなんだわ」

「しかし、よい決着のつけ方でしたな」

登一郎の言葉に、金四郎も頷く。

「うむ、今となってはそう思う。これでさっさと次に進めるというものだ」

ふうん、と清兵衛が顔を向ける。

「老中首座になったのは、ずいぶんと若いお人なのだろう」

「おう、阿部様な、老中方も上様も刷新したい、と思われたのだろう。でな、わたしもさっそく阿部様から呼び出しを受けたのだ」

「ほう、なんと」

身を乗り出す登一郎に、金四郎は声を低くした。

「南町奉行の跡部大膳はお役御免、で、わたしがそのあとに就くことになった」

「なんと」

目を上下させる清兵衛に、登一郎は小さく笑みを見せた。

「もしや、そうした目もあるかと、と思うていたが」

「ほう、そうなのか」

うむ、と登一郎は頷く。

「そもそも遠山殿のお役御免は、水野忠邦に与せぬがゆえの排除であった。それに水野や鳥居のせいで離れてしまった人心を取り戻せるのは、遠山殿を置いてほかにいない」

金四郎はいやぁ、と照れ笑いを見せる。

「実のところ、わたしは閑職の大目付に馴染んでしまってな。いっそこのままでもよい、と思うていたのだ」

「やや」清兵衛は手を上げる。

「それはいかん。金さんがそんな閑職に就いていたのは、宝の持ち腐れだったのだ」

「さよう」登一郎も続ける。

「町の者らを統《す》べることができるのは、お城ではない。遠山殿だ」

ふむ、と金四郎は首筋を掻く。

「まあ、わたしも中途でお役御免となったゆえ、やり残したことがたくさんある。奢侈禁止令で失われた多くの仕事も取り戻さねば、と考えている。やらねばならぬことが山積だ、と腹を括ったのだ」

「おう、それはよかった」登一郎は膝を打った。

「これでやっと、世が変わる」

台所から燗をつけた酒の香りが漂ってきた。

佐平が膳を運んで来て、並べる。

「肴は毎度ながら貝の時雨煮とお新香で、すみません」

「いや、十分十分」

と、金四郎が目を細める。

「そうだ」清兵衛が笑顔になった。

「すぐにまた、旨い寿司が食べられるようになろう。江戸じゅうの寿司屋が、また握れる日を待ちかねているに違いないわ」

「おう、寿司を食べたい江戸じゅうの者もな」

登一郎はぐい呑みを持ち上げた。

熱い酒を流し込むと、その目を細めた。

「いやぁ、安酒でも旨く感じるわ。あ、そういえば」金四郎を見る。

「先月、芝居を見に行ったのです。遠山の金さんが出てくる話を」

「おう」清兵衛が笑顔になる。

「面白かったであろう、わたしは三度も見たわ」

金四郎は首筋を掻く。

「そうか、さすがにわたしは面映《おもは》ゆくて見る気はしないが」

「いや、客は喝采《かつさい》を浴びせて、大喜びでしたぞ。む、しかし……」

登一郎はぐい呑みを置いて、金四郎に向いた。

「南町奉行に就かれる日は、決まっておられるのですか」

「うむ、この十五日だ」

金四郎の答えに、

「ほう、すぐですな」

と登一郎は顎を撫でた。

「お、そうなると」清兵衛は首をひねった。

「芝居の金さんは見られなくなるだろうな。なにしろ、本物の金さんがお白州《しらす》に戻るのだから」

「うむ」登一郎は頷く。

「見ておいてよかったわ」

笑いながら、さ、と金四郎に酒を注ぐ。

「今日は祝いだ。遠山殿だけでなく、江戸の町人のために」

「おう」

清兵衛はぐい呑みを掲げた。

「こりゃ、酒が旨い」

三月十五日。

昼過ぎ、登一郎は横丁を出て、湯島に向かった。

切通町に入って、小峰家の前に立つ。

手習所という看板が下がる戸口から、子供らの声が聞こえてくる。

その声に、おや、と耳を澄ませた。

奥のほうからは、男児の声も聞こえてくる。

登一郎は窓へと移ると、障子をそっと開いて中を覗き込んだ。

奥の部屋には男の子らが座って筆を持ち、倉之介がその手を取っている。

ほう、と見ていると、倉之介が顔を上げた。

あ、と言って、戸口へと駆け出した。

登一郎も戸口へと戻る。

「真木様」

飛び出して来た倉之介が、登一郎と向き合った。

「わざわざお越しくださったのですか」

「うむ、どうしているかと気になってな。倉之介殿もすっかりお師匠になったようだな」

「はい」と、倉之介ははにかんで笑う。

「なれど、初めは男子が集まらなかったのです」

「ほう、そうであったか」

「はあ、男子はすでにほかの手習所に通っている子が多く、声をかけても断られました」

「なるほど。しかし、今、覗いたところ、それなりにいたようだが」

「ええ、つい最近、増えたのです。なんでも、義賊が現れたそうで」

「義賊、か」

登一郎は思わず坂の上を見上げる。

「はい」倉之介は目を大きく開く。

「これまで金がないために、子を手習所に通わせられなかった家に、金子が置いてあったそうです。なんでも、前にも同じことがあって、母の教える子らもそれで増えたという話でした」

「うむ、わたしも松殿から聞いた」

登一郎は狸の顔を思い浮かべて、弛みそうになる顔を引き締めた。狸が、鳥居家からなにやら持ち出したに違いない……。

「そうか、それはよかった。もう、仇討ちの荷も下ろしたのだから、これからは思うように生きるがよい」

「はい、その節はありがとうございました」

倉之介は、深々と頭を下げた。その身を戻すと、小さく笑った。

「実は、こちらに戻って子を教えるうちに、胸の内が揺らいでいたのです。それまでは、命を張ってもよいと思うていたのですが、なんというか、そこにためらいが生じまして……もっとこの暮らしを続けたい、と」

「おう」登一郎は倉之介の肩に手を置いた。

「それはよかった」

「そう、でしょうか」倉之介は恥ずかしそうに、上目になる。

「父の仇を討つ、と言い立てておきながら、面目なきこととも思い……なので、瀬長と向き合った折にも、腹が揺れていたのです」

「おう、そうであったか。されど、腕は上がったように見えたぞ」

「はい、おかげさまでそれは。今度は討てるやも、と思うていました。なのに、いざとなれば……」

「いいや」登一郎は倉之介の肩を揺らした。

「それでよいのだ。亡きお父上も、そなたの仇討ちなど望んではいなかったであろう」

「はあ、それは母と妹からも言われました」

「うむ、なればそれが正しい。この先は、皆で平穏に暮らすがよい」

ぽんと肩を叩いて、登一郎は足を回した。

「ではな」

歩き出した背中に、「ありがとうございました」という声が届く。

登一郎は横顔で頷きながら、湯島の坂を上り始めた。

坂上の路地を曲がると、熊らの家の前に立った。

ずっと閉まっていた戸が、開いている。

「ごめん、いるか」

土間に入って行くと、すぐに鼠と虎が出て来た。

「こりゃ、旦那」

遅れて狸と熊も姿を見せた。

「どうも」

おう、と登一郎は狸を見て、にっと目を細めた。

「あれからひと仕事したようだな」

へへっと、狸が笑う。

「鳥居の屋敷には、金目の物がたんとありやしたぜ」

「ふむ、また義賊が出た、と聞いたぞ」

登一郎が言うと、狸は肩をすくめた。

「けど、もうやめでさ」

「そうそう」鼠が進み出る。

「遠山様が南町奉行におなりなさったと聞いて、今日で終いにしたんで」

「おう」虎も胸を張る。

「もう、おれらの出る幕じゃねえ、とさっき決めたんで」

「そうか」登一郎も面持ちを弛める。

「義賊に助けられた者は多いだろうが、盗みは決して褒められたことではないからな、足を洗うのはけっこうだ。すぐに元の仕事にも戻れよう」

「へい、あっしらもそう思ってやす」

鼠はうれしそうに、腕を振り上げる。

登一郎は熊を見た。

「また根津に戻れそうだな」

あ、と熊は顔を反らせた。

おや、と首をひねる登一郎に、鼠が進み出た。

「熊公はね」熊を指さして笑う。

「もう岡場所には戻らないそうで」

「そうそう、あれでさ」

虎が台所を振り向く。

台所には、襷姿のお里の立ち姿があった。

虎がくすくすと笑って、肩をすくめる。

「お里ちゃん、ここで飯を炊いたり洗濯したり、いろいろしてくれて、したら、熊公が惚れちまったみたいで……」

「るせえ」熊が虎の頭をコツンと叩く。

「お里のほうが岡惚れしたんだ」

お里は顔を上げると、台所から出て来た。

「旦那」

襷を外すと、深々と腰を折った。

そこから上げた顔は、笑顔だった。

「ありがとうございました。旦那のおかげです」

「なに、こういうのを運がよい、というのだ」

登一郎の言葉に、「あっ」とお里は首をすくめる。

「けど」お里は笑顔で熊を見る。

「勝太さんが先に惚れたんですよ」

「なにを言いやがる。お、おめえのほうが……」

熊が肩を揺らす。

「どっちでもいいじゃねえか」狸が、ふんと鼻を鳴らした。

「好いたんなら、一緒になりゃいいんだ」

熊は咳払いをすると、「まあ」と登一郎を見た。

「なもんで、二人で江戸を離れて、どっかの宿場町にでも落ち着こうかと話してるんで」

「ほほう、それはよい話だ」

登一郎は熊に頷くと、その顔を順に皆に向けた。

「ではな」

へい、と皆も頷く。

「どうも、旦那」

皆の声を背で聞きながら、登一郎は振り返らずに外に出た。

空を見上げながら、坂を下りて来た道を戻る。

暖かな風が、頬を撫でて吹きすぎる。

お、そうだ、と登一郎は道の途中を左に折れた。

両国へと足を向ける。

広小路はいつにも増して賑わっていた。

あちらこちらに人の輪ができて、言葉を交わしてる。

「遠山様が返り咲くたぁ、うれしいねえ」

「おう、遠山様なら、これまでの悪政をひっくり返してくれるにちげえねえ」

「妖怪は退治されるわ、老中首座はすげ替えられるわ、これで江戸の町も安泰ってもんだ」

「そうとも、めでてぇこった」

「ああ、めでたいめでたい」

誰もが、満面の笑顔だ。

登一郎はその人々のあいだをゆっくりと歩く。

いつしか、皆の笑いが移った口元を、隠すこともせずに歩き続けた。

完

時代小説
二見時代小説文庫

返《かえ》り咲《ざ》き名奉行《めいぶぎょう》 神田《かんだ》のっぴき横丁《よこちょう》7

二〇二四年 六 月二十五日 初版発行

著者 氷月《ひづき》 葵《あおい》

発行所 株式会社 二見書房
〒一〇一-八四〇五
東京都千代田区神田三崎町二-一八-一一
電話 〇三-三五一五-二三一一［営業］
〇三-三五一五-二三一三［編集］
振替 〇〇一七〇-四-二六三九

印刷 株式会社 堀内印刷所
製本 株式会社 村上製本所

 ISBN978-4-576-24045-9
https://www.futami.co.jp/historical

藤木 桂

本丸 目付部屋 シリーズ

以下続刊

①権威に媚びぬ十人
②江戸城炎上
③老中の矜持《きょうじ》
④遠国《おんごく》御用
⑤建白書
⑥新任目付
⑦武家の相続
⑧幕臣の監察
⑨千石の誇り
⑩功罪の籤《くじ》
⑪幕臣の湯屋
⑫武士の情け
⑬下座見の子
⑭書院番組頭《くみがしら》
⑮家頼《いえだの》み

大名の行列と旗本の一行がお城近くで鉢合わせ、旗本方の中間《ちゅうげん》がけがをしたのだが、手早い目付の差配で、事件は一件落着かと思われた。ところが、目付の出しゃばりととらえた大目付の、まだ年若い大名に対する逆恨みの仕打ちに目付筆頭の妹尾十左衛門は異を唱える。さらに大目付のいかがわしい秘密が見えてきて……。正義を貫く目付十人の清々《すがすが》しい活躍！

二見時代小説文庫